回想の中野重治

『甲乙丙丁』の周辺

津田道夫［著］

社会評論社

回想の中野重治――『甲乙丙丁』の周辺＊目次

第一部　回想の中野重治

第二部　『甲乙丙丁』の世界

第一部　回想の中野重治

Ｉ　「米配給所は残るか」など

１　放送「食い物の問題」を聞く

一九四五年、敗戦の年の秋の一日《いちじつ》のことだ。学徒勤労動員から解放された一六歳の旧制浦和中学校の生徒であった私は、ほころびのある座敷に、ひとり頬杖をついて寝ころがり、聞くとはなしにラジオを聞き流していた。誰かが話をしているのは分かった。ぼんやり聞き流しているその私の耳に、突然こんな言葉が飛び込んできた。〝栄養失調とは、詩人の言葉でいうと餓死ということです〟。私ははッとした。敗戦の直後、物不足、食糧不足が一般化し、腹を空かして、物凄く込み合った汽車で学校に通う毎日、〝栄養失調〟という言葉が新聞用語として膾炙していた、そんな折柄のことである。栄養失調による死亡のことも噂されはじめていた。近所の鈴木さん（実在）という家の長男は、栄養失調で復員してきて、いきなりメシを大喰らいしたので、それがもとで亡くなったなどという伝聞も流れてきていた。そんな訳だから、独特の抑揚で語られるそのラジオ放送のなかの右の一言が、私の魂をしたたかに撃ったのである。話全体の流れは、その後、殆ど忘れていたが、その茫漠の記憶表象のなかにこの一言だけは、鮮明なイメージをずっととどめるところとなった。

件のラジオ放送が終わったところで、アナウンサーが〝お話は中野重治（なかの・しげはる）さんでした〟といったのも、はっきりと記憶している。一六歳の私は、それまで中野のものを読んだことはなかった。ただ久喜高等女学校（現、久喜高校）の国語・漢文の教師であった父の書棚に、改造社版の現代日本文学全集があり、私は時々あっちこっちひっぱり出しては眺めていて、その一冊がプロレタリア文学集となっていたので、中野重治というプロレタリア作家について名前だけはボンヤリとしたイメージをとどめていたのだったかもしれない。右の中野の一言と、アナウンサーの〝お話は、云々〟を聞いて、私が、ああ中野重治というのは、こういう人なんだ、と、えらく引きつけられたのを覚えている。

年譜で調べると、この「食い物の問題」の題での放送は一〇月一九日、午後八時四〇分からのラジオ第一放送でのものである。

それから三四年の後、一九七九年八月二四日、中野重治は亡くなった。七七歳七か月。翌八〇年九月二五日、東京・市ヶ谷の私学会館で「没後一周年追悼の夕」が、親しくしていた作家、評論家、学校時代の友人、新日本文学会関係者ら約八〇人が集まって行なわれ、こもごも立って思い出などを語ったが、その中で臼井吉見が、その発言をこんな風に結んだ。「……中野さんの文学を狭いワクの中に閉じこめないでほしい」と。政治主義的に扱わないでほしいというほどの意味だったと思う。だが、ここでの主題は、当夜の会での菊池章一の発言に関わる。菊池さんも、この「食い物の問題」にふれて、件の箇所について〝栄養失調とは、詩人の言葉でいうと飢え死にということです〟と、そう中野が言ったかに語ったのである。

どうでもいいような問題ではあるが、私は、どうしても違和を覚えて、菊池さんに近づき、〝あそこは、餓死ということです、だったと思いますが〟と異を立てると、〝それは、あなたが中野を知らないから、中野の言葉遣いも分からないのです〟と言われてしまった。そう言われれば引きさがるしかない。

私は何となく釈然としないので、同年齢の友人で、その後、中野のファンになった山田要一（郡山市在住）に電話して、もしかして君あの放送聞いてやしないか、と問い合わせたところ、たまたま彼も寝ころがって聞いていたらしい。やはり、〝栄養失調とは、詩人の言葉でいうと餓死ということです〟と聞いたという。そして、〝何しろ、おれ、中野重治という名前それまで全く知らなかったし、その言葉を聞いてガッと起きあがったのを覚えてるよ〟と付け加えるのだ。

真実は、どの辺にあるか。

松下裕の『評伝中野重治』には、中川隆永「中野重治『食い物の問題』ききがき」からの引用がある。たぶん、中川隆永が、件の中野の放送を聞いて覚え書きとしてしたためておいたものであろう。いわく――、

《悪党がとらえられて、正直なまじめな人びとの世界になろうとしている。このごろ言われる栄養失調とはなんだろう。僕は詩人だから、詩人の言葉になおすと、飢えているということ、ひもじいということ、つまり飢え死にしかかっているということだ。金持ちが食い物を買い出しに歩かないのは、家にうなるほど買い溜めてあるからだ。役人もそうだ。上級の兵隊もそうだ。そんなやつらは、国民の敵だ。一般大衆の食い物は、国民の敵のところにある。だから、確実に食い物を国民大衆の手にとりもどすこと、これが今の大衆のしなければならない仕事である》（傍点は津田）

こう出られると当方は弱いのであるが、しかし、言葉遣いからして、中野的でないような気がしてならない。だいいち、中野さんは日常会話では第一人称単数に「僕」を用いてはいた。しかし、放送や講演で「僕」を用いるか。私の経験では、なべて「私」であったように思う。それに私が傍点を付した部分、これは説明・解説になってしまっている。そこが私にストンと来ない。そこは、一六歳で中野重治を殆ど、ないし全く知らなかった二人の少年が強烈な印象をとどめ、そこだけが記憶表象に鮮明に刻まれている〝栄養失調とは、詩人の言葉でいうと餓死ということです〟も捨て難いのではないか。右中川からの引用について、松下裕が「いまか

ら見ると、いささか記録としては物足りない、もっと心に食い入るような言葉がなかったかどうか、云々」といっているのと関係があるように思うが、どうだろうか。

何しろ放送原稿が失われてしまったのだから、いまから事実は確かめようがない。しかし、〝栄養失調とは、詩人の言葉でいうと餓死ということです〟は、じかに件の放送を別々に聞いた二人の一六歳の少年にとっては「真実」であるといっておきたい。

2 「米配給所は残るか」の周辺

一九五三年三月、私は大学を卒業、その少し前に改造社の入社試験があり、結果としてひとりしか採用されないところを採用されて、雑誌『改造』の編集部に配属された。そこには山西由之、松浦総三、小田切進といった錚々たる先輩がいた。私は二四歳になっていた。その夏から秋にかけて「日本知性論争」という企画がもちあがり、日本的知性の特質について、次々と筆者を選んで執筆してもらおうということになった。私は、いいつけられて鎌倉に日高六郎を訪ね、「日本的知性の非生産性」という好エッセイを執筆してもらったりした。そのうち中野重治にも、この問題で書かせようじゃないかということになり、その執筆依頼に行くようまたまたいいつかった。

既知の小原元から中野さんてこわい人だと聞いていたので、いくらか二の足を踏みはしたが、この際中野重治と対決（?）してやれ、という気持ちも強く、五三年晩秋の一日、訪ねることになった。小田急線・豪徳寺の駅をおり、住所表記と地図をたよりに、ぬかるみの道を漸く中野宅を探しあてた。と、粗末な木製の門からレインコートを着た一人の中年女性が出てくるのに出くわした。いうまでもなく原泉さん（中野政野夫人）である。私は、これこれのものだが中野先生――このときは先生で呼んだと思う――にお目にかかりたいのだがと取次方をたのんだ。原さんは、大変愛想よく〝中野なら家にいます、どうぞどうぞ〟というのだ。取次いでもらいたいのにと思って、ちょっとためらっている私に、語をついで、〝あたくし仕事で出掛けるものですから、どうぞどうぞ、おはいりになって下さい〟といって私に背を向けて歩き出してしまったのである。その後ろ姿は、やや細身で腰が張った感じの美しい人と見受けた。

仕方がないので私が、玄関のガラス戸をガラガラと開けて〝ごめん下さい〟というと、そこには紛う方なき中野重治その人が、着物を着流しに、素足でぬっと現れた。来意を告げ、これこれのことで評論を二五枚ばかりご執筆いただけないかと言ったところ、〝その問題、面白いし興味もありますが、いまは書けません〟と来た。ああ、やっぱりと思ったが、次の瞬間〝小説なら書きますよ〟と、そう中野さんは言うではないか。所期のものより、このほうがいい、小田切さんも喜んでくれるだろうと咄嗟に判断、小説がいただけるなら、そのほうが有難い旨を申し述べた。帰社して小田切進にこの顛末を報告すると、〝それはよかった〟といってくれた。

それから私は二、三度プッシュの電話を入れたりしていたが、雑誌のほうはもう出張校正に入っていて、きょうがギリギリという日、五三年一二月一日、中野邸を再訪した。中野さんは私を招じ入れ、炬燵をすすめてくれた。この炬燵で原稿を書いていたのである。〝もうすぐだから待ってて下さい〟と言われ、言われる通り私は待つことにした。見ると中野さんは、マス目の大きめな四百字詰の原稿用紙を何枚か重ねて左手にもち、硯箱に十本程も並べた筆の一本をとりだして、それで書いているのだ。途中、筆を新しいのに改める際、穂先を舐め、軽く噛むようにしてやわらかくして、これを使いはじめた。小一時間たった頃、書き終わって、私をふり返り、〝ちょっと読み直しますから〟といって、あらためて読み直し始めた。結局一時間半ほどの後、私は原稿をもらって中野邸をとびだした。それから電車を乗り継いで、中央線市ヶ谷駅から歩いて七、八分の大日本印刷の校正室まで飛んで帰らなければならない。

電車の中で、いまもらって来た原稿を開いてみた。まず小説だというのに題名が「米配給所は残るか」というのだったのに、いくら中野の小説だからといって、妙な題名だな、と思いながら読み進めても、何かごてごて書かれている印象はあったが、筋を通して内容を了解することはできなかった。印刷所に走り込みざま、小田切進に原稿を手渡し、〝「米配給所は残るか」っていう小説ですよ〟と、いくらか戸惑いながら言ったところ、小田切も私をふり返ってニタッとしたのを覚えている。その笑顔は〝中野さんらしいね〟といいたげであった。

この日が一二月一日だったのは、中野重治全集第三巻は、戦後四七年から五六年までの短編

郵　便　は　が　き

料金受取人払郵便

本郷局承認

6421

差出有効期間
2015年3月12日
まで

有効期間をすぎた場合は、恐れ入りますが50円切手を貼ってご投函下さい。

113-8790

（受取人）

東京都文京区
本郷2-3-10

社会評論社　行

ご氏名　（　　　）歳

ご住所　TEL.

◇購入申込書◇　■お近くの書店にご注文下さるか、弊社に送付下さい。
本状が到着次第送本致します。

（書名）　¥　（　）部

（書名）　¥　（　）部

（書名）　¥　（　）部

●今回の購入書籍名

●本著をどこで知りましたか

□(　　　　　)書店　□(　　　　　)新聞　□(　　　　　)雑誌

□インターネット　□口コミ　□その他(　　　　　　　　　)

●この本の感想をお聞かせ下さい

上記のご意見を小社ホームページに掲載してよろしいですか?

□はい　□いいえ　□匿名なら可

●弊社で他に購入された書籍を教えて下さい

●最近読んでおもしろかった本は何ですか

●どんな出版を希望ですか(著者・テーマ)

●ご職業または学校名

からなっているが、このそれぞれの短編の最後に執筆年月日が書き込まれているのと、書き込まれていないのとがあって、たまたま「米配給所は残るか」には末尾に一二月一日とあるので、私の中野邸再訪が五三年一二月一日だったことが分かるのである。

「米配給所は残るか」は、雑誌『改造』の五四年一月号に掲載された。ところが私は、中野さんから原稿をもらった直後、肺結核にたおれ、王子駅の傍の飛鳥山公園に程近い、滝野川病院に入院することになった（退院は五五年一月）。だから、この一月号は私の後から入社した仲佐秀雄が病院にとどけてくれ、そこで活字になったのを改めて読んだはずである。しかし、やはり印象はきれぎれで、筋を通して内容を了解することはできなかった。中野の閲歴やプロレタリア文学について、その初歩的な知識さえ、私に不足していたからだったと、いまにして思う。

時期的にはずっとくだって、七〇年代中葉から後半にかけての五年ばかり、私は、世田谷区桜に新居を構えていた中野さんを、年に数回訪ねるようになった。実は、一九七四年七月八日、一代の革命家、神山茂夫が大動脈瘤破裂で頓死したが、当時、中野重治は神山の政治的僚友として、小さな政治サークル・クラブ有声社を組織し、『通信方位』（七二年四月発刊）という薄っぺらな雑誌をだしており、私は神山派（そう人はいう）の若手の一人であった関係上、中野さんとは七五年に発足した神山茂夫研究会の代表と事務局長の関係になり、事務連絡に参上し、ついでにあれこれ雑談をするようになっていたのである。もっとも、このついでの雑談のほうに遥かに多くの時間が割かれたのであったが。

そんな或る日、私は「米配給所は残るか」は、編集者一年生の自分が偶然みたいな形でもらったものであり、小田切ほかにほめられた旨を話したところ、中野さんは〝そら、よかったね〟と応じ、さらに語をついで〝あれ、ちょっと面白かったんじゃないかね〟というのだ。さあ、私は弱った。入院中からこっち、私は「米配給所は残るか」を再読してはいなかったからである。まあ、その場は何とかとりつくろって、帰宅後、全集——旧版だったか新版だったか忘れた——、を引っぱりだし、あらためてこの小説と向き会うこととなった。

そして、この小説は〝ちょっと面白かった〟どころではなく、私に非常に面白かった。素材もテーマもふくめて、小説として面白かった。

中野重治は、一九四一年一二月の太平洋戦争の開戦以来、未拘束のまま殆ど毎日、警視庁の取り調べを受けていたが、四五年六月二二日、防衛召集として世田谷の東部第一八六部隊に入隊、長野県小縣郡《ちいさがた》東塩田村（現、上田市管内）の村立東塩田国民学校に駐屯、毎日を土方作業に送ることになった。「米配給所は残るか」は、この応召から八・一五と、その直後くらいを素材とした自伝的な小説である。そこでは「Qという小説家」が主人公として出てくるが、これが中野じしんをモデルにしているのはまぎれもない。そして、「日本の敗戦による終戦」（中野のことば）時、主人公Qがどんな精神状況のたゆたいの中にあったかが小説のテーマ、モチーフとなっている。八・一五のその晩、Qは、七〇歳ぐらいの役場の小使いさんに語りかけられ、忸怩たる思いに駆られる様子を、こんな風に書いている。
《「これからどうなりましょうか、ニッポンは。」
「ニッポン……?」曾禰さんの問いはQにショックだった。しかし、天皇の放送ですぐその形で問いがでるような性質では考えてこなかった。この問いが行きなり飛びだすための撃鉄のバネがいつのまにかQのなかでゆるんでいた。》
また、少しあとのところで、こんな風にも書いている。
《Qは恥ずかしかった。……一歩しさりにひそっとして生きてきた十一年間、何かを守ろうとした年月は、それだけずつの現世からの隠退になっていたのだったろう。》
四五年八月まで、「一歩しさりにひそっとして生きてきた十一年間」とは、中野が「転向」出獄した三四年からの「十一年間」ということである。この間、中野は、屈服と抵抗のないまぜになった孤独かつ困難な選択を己れに課したが、それが「一歩しさり」の「転向」過程であったのは否めない。この過程について私は、『現代の眼』八三年二月号に「日本共産党指導者の光と影」という連載——久米茂、しまねきよし、津田道夫による——の第九回で、「中野重治」を書いているので、興味あるかたは御参看いただけると有難い。
そのQは、敗戦直後の或る日、「不意に林のかげから」現われた「女教師に連れられた国民学校一年生ぐらいの子供」男女二〇人ばかりを目撃するが、そのときの感想は、こんな風である。

《ほしがりません、勝つまでは。いまとなって、教師は何と子供たちに説明するのだろう。説明しないわけには行くまい。先生の説明だけを子供たちが待ちうけている。非道な、凍るような無残さ。そして子供たちは、手でさわれるようなその心に話を受けとりきれまい。受けとれぬように話が出来ているのだから。子供たちといっしょに細っこく痩せた若い女教師を見送って、Qは口をきゅっとつむいで泪ぐんだ。》

だが、中野はこういう素材・主題による小説のなかにも、つぎのようなユーモラスなエピソードを挿入するのを忘れなかった。

《ある東京の友だちから手紙がきて、そのなかにこんな文句があった。

「Rさんが、作家というのは家を建てる人間だと思ったのでしょうと真面目にいいました。笑いましたが笑いきれませんでした。」

それが、検閲を考えての単純にした文句なことはQにもわかった。Rという中年の作家の人がらもQは知っていた。Qはその場のことをこんなに空想した。

「Qさんが持ってかれたんですって？　土方部隊ですって？　どしたんでしょ。どしたんでしょ。あ、そうだわ。きっとそうよ。作家というのを見て、家を建てる人間だと考えたんだわ。そうよ。それアそんなふうなんだから……」》

「Rという中年の作家」が、宮本百合子をモデルにしているのは、すぐわかる。ある種の人間は、作品批評にモデル詮索はよくないというかもしれない。しかし、「Rという中年の作家」

と来て、そのRが、こんな風に語ったのだろうとQが想像するその語り口から、百合子の名が俄かに寄せてくるのだから、そこは如何ともなしがたい。

こうして私は、小説「米配給所は残るか」を再発見した。

話を変える。私は七六年四月から九六年三月まで、ちょうど二〇年間、千曲川のほとりにある長野大学に春・夏・冬の休みをのぞいて毎週通い、二コマの授業を受けもっていた。八〇年代の或る日、親しくしていた女子学生のクルマで、中野さんが駐屯していた往事の東塩田国民学校（当時）の跡を追尋したのであったが、何しろ上田市（いまはそうなっている）の塩田平の辺りは、道が縦横にというだけでなく、斜めにも交わり、くねくねと曲がりくねっていて、目的地を目ざして走らせると、またもとのところに出てしまうといった具合で、ついに探しそこねてしまった。事前調査なしに、いきなり、この辺に行ってくれと言った私が不用意だったのだろう。しかし、あちこちに「田に水をひくための」「貯水池」があったり、道路の片がわに溝川が流れていたりで、「米配給所は残るか」の書き出し部分の雰囲気は、そのまま残っているように見受けられた。往還は、もう「石ころ道」ではなく、アスファルト舗装をほどこされてしまってはいたが。

私は、「米配給所は残るか」と三度目の出会いをしたことになる。

3　『レーニン素人の読み方』の周辺

一九七三年のたしか暮れもおしつまった頃のことだ。『図書新聞』編集長の大輪盛登《もりと》から電話があった。〝今度中野重治さんの新しい評論集がでたので、これはぜひ津田さんに批評を書いてもらいたいと思って〟との口上。私は、〝僕は中野のものは大して読んでいないし、それに文学には素人だから……〟とためらいを表明すると、〝いや、これは津田さん以外では駄目なんです〟ときた。〝いったい何という本ですか〟〝いや、まあとにかくお目にかかれませんか〟――そんなやりとりの中で大輪さんは書名を教えてくれない。とにかく会おうというのだ。その日の夕刻、時間、場所を打ち合わせて大宮（埼玉県）で落ち合うことになった。

最寄の喫茶店に入って向かい合うなり、大輪さんは一冊の本をとりだした。それが『レーニン素人の読み方』だったのだ。〝ああ、これなら……〟と言いかけ、〝読んでみたい〟という私の発語を待たずに、大輪さんは〝でしょ〟と言って破顔、あとはお互い酒を飲もうということになった。私の『レーニン素人の読み方』評は『図書新聞』七四年二月二日号の一面に出た。定期刊行物のことだから、実際は一月下旬には出ていたと思う。

その前後の或る晩、私が十二時をずいぶんまわって帰宅すると、〝おっちゃんから電話があったよ、二時まで起きてるから電話をくれってさ〟と妻がいう。〝おっちゃん〟とは、妻と私の間での神山茂夫にたいしての呼称である。国分一太郎は「神山茂夫の深夜便」といっていたが、私は、またかいなと感じはしたものの、とにかく電話、あれこれ話した挙句、二、三日うちに寄ってくれとのことである。

約束の日時神山宅に参上。国電駒込駅から七、八分の西ヶ原の神山邸は、玄関を入ると向って右手が狭い応接室、正面あがりがまちの奥が狭苦しい四畳半になっていて、この日も神山は、そこに陣取りふすまを背にして炬燵に入っていた。そのふすまを開けると、そこにいつもサントリーの角びんが置いてあるのを、私は知っていた。別にすすめられたのでもないのに、私も炬燵に足をつうこみ、神山と向きあった。

〝今まで中野がいたんだよ。津田くんが用があって間もなく来るんだといったら、津田くんとは相手が悪いな、といって、いま帰ったところだ〟と、神山のおっちゃんはいきなり切り出してきた。そしてそのときは、中野、神山両名とも、『図書新聞』の私の『レーニン素人の読み方』評を読んでいたらしく、こう語を継ぐのである。〝あの書評、中野が喜んでいたぜ。君も文学が分かるんだな〟。私は小原元や妻から、お前は文学音痴だと散々いわれてきていたので、それはそれなりに自覚しているつもりはあったが、おっちゃんから〝君も文学が分かるんだな〟と言われる筋はないわいと思ったものの、しかし、中野、神山の両者が、あの批評を読んでいて話題にしてくれていたらしいのが嬉しかった。

そこで私は、こんな風に書いている。前後を切り捨て、結論的なところのみ引用する。

《中野重治は、また、別の主題・別の素材にひきつけて「歴史のつらさ」ということをいっている。「『時』の条件」という言葉づかいもしている。かなり似たような問題に思われる。この「歴史のつらさ」といったことに饗応しうる魂のみが、歴史の、それはそのまま人間の、ということと同じであるが、その歴史の美しさ、荘厳さといったことについても実感しうるのだろう。歴史の論理といってもよい。本書中の「パリ・コンミューンのこと」など、中野が、悟性からというより、むしろ、その魂から歴史の論理をつむぎだして見せた模範であるといえる。通俗的な意味での中野ファンには、それがまた魅力であるのかもしれぬところの話の運びにおける若干のモタモタは、これを我慢しなければならない。》

《中野の場合、日常茶飯な問題をとりあげながら、しかし決して〝俗情との結託〟にもとづくセンチメンタリズムに流れることなく、歴史を主体的に生きようとする脈うちのようなものが、その批評に一本力づよく貫いている。それをきわだった歴史意識といってもよい。しかし、歴史意識といった言葉ではとらえきれぬ、血肉化された思想的与件なのではないかとも、それは思える。歴史に対する敏感性、歴史感覚といってもよい。だが、悟性的な判断以前の、否、中野における悟性を内面から、ないし、底のほうからささえている感情であるかぎり、それは歴史感情といったほうがいっそう的確なものであろう。》

問題は、前の引用にある「話の運びにおける若干のモタモタ」ということである。私は、これを「パリ・コンミューンのこと」に主にひきつけて書いている。確かに、「パリ・コンミューンのこと」は、雑誌『展望』の七二年二月号、三月号、四月号、六月号、八月号、九月号に分載された。中野は、これを、だいたい八か月に渉り継続執筆したことになる。それは筑摩書房版の『レーニン素人の読み方』（七三年十二月）の凡そ四分の一ほどのページをとっている長い、そういってよければダラダラとしたエッセイである。同じ素材が繰り返し出て来たり、時間の推移によって新しい素材が出て来れば、それを取り入れたりといった具合で、決して読者に親切な文章ではない。それを私は右のように表現したが、しかも、そのうえ中野さんは、エンゲルスがマルクス『フランスにおける階級闘争』に付した一八九五年の「序文」と、同じく『フランスにおける内乱』に付した一八九一年の「序文」を混線させたりしている。私は、先の『図書新聞』紙上での書評では、この混線問題にはふれないでおいた。

　そこで中野さんに、具体的にページ数をあげて、この混線問題について手紙を書いたのだった。すると中野さんから折り返し、ハガキが、それも速達できた。その全文は、こんな風である。

《お手紙拝見、どうもありがとう。まだほかにもそんなところ（混線に類したところ）ありそうな気がしてならず、大小にかかわらず（自分勝手な話になりますが）御指摘願います。あれについてもう一つ短文を書く積りなので、その時は御指摘を受けた点にもふれたいと思っています。また「ちょっとした異論」の点も機をえてお聞きしたいと思っています。取急ぎ御礼のみ――二月一日》（前のカッコ内は津田による、後ろのカッコは中野さん）。

中野さんが速達にしたたについては自分の意志を確実に伝えたい時に、その形式を採用する。私も、郵便事故などにあわぬよう、確実に意志伝達をしたいときには、速達にしたらいい、と中野さんに言われたことがある。右「ちょっとした異論」とは、私が手紙に書いた言葉であるが、その内容は、いまはっきりとは思い出せない。多分、日本において革命を惹起させるさいの発展形態について、ちょっとした違和があったのである。

中野さんは、「あれについてもう一つ短文を書く積り」といっていたが、その「積り」は果たされぬまま時間が経過し、新版全集の仕事に松下裕といっしょにとり組むことになった。そして、たしか七七年の初夏のころ、私が中野邸に参上した折、話題が右のことに及んだ。中野さんは、ちょうど新版全集二十巻の編集過程にあり、私からの手紙を注意してとっておいたのだが、それがどこに行ったか分からなくなっているらしかった。

〝それだったら、もう一度要点を書いてくれと言ってきて下さればよかったじゃないですか〟という私に、〝きみ、そんなこと恥しくて申し出られないよ〟ときた。私が同じ内容の手紙を復元して速達で送ったのはいうまでもない。ところが、である。十日ばかりして今度は軽井沢から電話があった。折角のお前の手紙を東京の家に置いて来てしまったのだという。中野さんのほうからは決してもう一度書いてくれとは言わなかったが、私のほうからもう一度書きましょう、といって私は、もう一度書いて、今度は軽井沢にあてて送った。

エンゲルスの二つの序文についての中野さんの混線問題について、結局私は同じ内容の手紙を三度書いたことになる。中野重治資料については、なお未整理のものもあるらしい。もし破棄されていないとすれば、私からの三通の手紙が出てくるにちがいない。

『レーニン素人の読み方』を収録した新版全集第二〇巻の解題で、松下裕は、こう書いている。

《文中、著者は、エンゲルスの「マルクス『フランスにおける階級闘争』序文」と「マルクス『フランスにおける内乱』序文」とを取りちがえて論をすすめているが、この全集では、訂正が本文にかかわるのでそのままにした。第四一二ページの引用文は、「『フランスにおける内乱』の序文」でなく「『フランスにおける階級闘争』の序文」である。》

また、中野重治じしんの「著者うしろ書」には、こう書かれている。

《――私自身勘ちがいしていたことに触れておかねばならない。ほかにもたくさんあることと思うが、ここでは「パリ・コンミューンのこと」のなかでのエンゲルス引用の件にだけ触れておく。そこで私は土屋保男文を引用して文句をつけているが、そこで土屋がエンゲルスの『フランスにおける階級闘争』序文」を引用していたのに触れて、はじめそれをそれとして扱いながら、少し後、パリ・コンミューンの「寡婦および遺児のために」の布告のことで書いたあと、土屋が「『フランスにおける内乱』序文」を引いたところで私は勘違いをした。『フランスにおける階級闘争』の「序文」と、『フランスにおける内乱』の「序文」とが、私の中で混線したのである。混線の原因は私の中にあった。「あきらかに土屋は、ミミズのついた針のさきにミミズがついているからというので食いついたのではなかったろうか……」といった言葉そのものが私に帰ってくるようである。あとでまた「『階級闘争』序文」のほうへ話が戻っていはするものの、この混同を土屋ならびに読者にわびる。この種のことがほかにもありそうにも思うが、全体にわたって検べる時間が今私にない。いまのこの件は津田道夫氏から指摘されたものである。》

だが、話は、さらにひろがってきた。一九九九年春、松尾尊允《たかよし》の好著『中野重治訪問記』が出た。この本の中に、一九七四年三月一五日、東京駿河台の山の上ホテルで催された『レーニン素人の読み方』の出版記念会——この会に私は出ていない——のことがでてくる。そして、「当夜のスピーチの速記録」があり、松尾によれば、これは「当夜の発言者にのみ後日配られたものらしい」とある。この「速記録」から松尾は、当夜の中野重治の挨拶の全文を、これは『全集』の新版にものっていないので」とことわって引用している。それによれば、中野は、挨拶の中でこう言ったというのだ。

《その他いろいろありますが、松田道雄君から手紙で指摘されましたが、マルクスの『フランスにおける内乱』という本と『フランスにおける階級闘争』という本を取り違えて理屈を書き間違えた点もあるので、折があったら訂正したいと思います。》

これは多分、当夜のスピーチのテープを起こして活字にしたものであろう。右「松田道雄君」とあるのは「津田道夫君」の間違いである。音声表現を文字表現に転換する際、ツダ・ミチオをマツダ・ミチオと聞き違えたのであろう。中野重治の研究者の中には、事柄を細かく細かく調べて書く人がいるので、とくに右を記《しる》しとどめておく。

4　神山茂夫の死

一九七四年七月八日の晩、リリリリリ……というコール・サイン、早速受話器を取り上げると浅田光輝だった。〝津田君、神山茂夫が死んだんだと〟。〝ええっ、神山が…〟。あまりの急なことで、どんなやりとりがあったか忘れた。私の吃驚ごえが、素頓狂に大きかったのであろう、隣室にいた妻が、これも驚いてドアを開けてきたのを覚えている。

翌日は早く目が覚め、午前中に神山宅に駆けつけた。クラブ有声社の関係者が数人きていたが、神山ハナ夫人が遺影の前で私に応対してくれた。〝神山はね、仕事のし過ぎで命をちぢめたの。津田さんも、仕事のほうはほどほどにね〟。そうしんみり語ってくれた。そのとき私は四五歳になっていたが、七〇を越し、神山が死んだ年齢を上回った今、このハナ夫人の忠告が改めて思い出される。昼過ぎから弔問客が続々とつめかけてきた。神山の住居の隣がガレージみたいになっており、そこに椅子・テーブルが並べられて、みんなが待機した。四、五〇人は集まったと思う。思い出す人の名をアトランダムにあげれば、高山洋吉、佐多稲子、浅田光輝、それに三一書房の社長をしていた竹村一、若手では映画評論家の松田政雄の顔もみえた。前日か前々日、ソ連から帰ってきた人がいて、〝おれ、かえった報告と、土産話をしようと思って、きのう電話したんだけど、そしたら死んだってんだろう。驚いちゃったよ〟と言っていたのが印象に残るが、あとは誰とどんな会話を交わしたかしっかりとは覚えていない。このガレージでの集いが、つまり通夜のようなことだったのであろう。

中野さんが出てきて、弔問に訪れた人全部に挨拶をした。みんなは、自然と中野の前に立って整列するような格好になった。中野さんが礼を述べたのはいうまでもない。話の内容はほとんど覚えていないが、そのときの中野さんの容姿には、孤影がにじんでいたように思う。そして、その容姿をある写真に重ねて、私は見ていた。

このことは一九五三年、堀辰雄が死んだが、その直後、『世界』に載った見開きのグラビア・ページに、「堀辰雄を送る」というキャプションをつけた一葉の写真にかかわってくる。それは軽井沢の落葉松の疎林で、左の方に霊柩車がとまり、中程に文士たちの数人がいて、右のほうに中野重治が一人はなれて悄然といった恰好で立って見送っている一葉だった。むかしの『世界』には、いまみたいにギラギラしたグラビアではなく、こんな人の心に食い入るようなものも掲載されていた。神山追悼と弔問へのお礼を述べる中野さんの容姿が、右グラビアの中の中野さんに私の中でダブってくるのが、何とはなしに感じられた。ハナ夫人を除けば、神山の頓死に、一番衝撃を受けたのは、中野さんではなかったたか。

死後の残務処理のため、数人が集まった折、中野さんが〝ただ生きているだけでもいいから、生きていてほしい人でしたね〟とポツリと言ったのが忘れられない。晩年の中野重治は神山茂夫に引きずられて、あらぬ政治的動きをしたなどという、たとえば石堂清倫などが吹聴する下司の勘ぐりがあるが、私見では全く見当はずれというほかない。神山との協同行動は、中野の主体的選択以外でなかった。(石堂が亡くなったからこそ、こういうことを言えるのだという向きにたいしては、私は、神山問題——そこには中野も介在する——にからめた私にたいする、石堂の中傷を『フォーラム90s』一九九二年四月号で匡しておき、それに対する石堂からの弁明ないし反論はなかった。いま右のように批判的な批評の言葉を一筆書き込むのは、その私の立場の延長線上のものにすぎない)。

途中は大幅に省略する。七月末、神山の告別式と追悼集会がワンセットのものとして催され、納骨のこともあり、あれこれの残務処理もある程度すませて、あれは翌年の早春の頃だったと思う。神山茂夫資料委員会と神山茂夫研究会を発足させるための相談会が、神山家の二階で開かれた。

出席予定メンバーが、ぽつりぽつりと集まってきて、しかし、まだ正式の相談会が始まらぬ間に、私は天皇訪欧や、その年予定されていた訪米について、それが実際的には天皇＝元首化のきっかけになりかねないから、これとのイデオロギー闘争の不可欠なるゆえんを話題にしていた。というより、ひとりでアジっていた。と、中野さんがこう言ったのだ。〝それ、金《かね》の問題はどうなるのかね〟——私はとっさに意表をつかれたが、次の瞬間、訪欧に伴う渡航費用や儀式にかかる銭金《ぜにかね》について問題にしているのだとわかった。中野さんは語をついで、こんな風に言ったのだった。

〝それは皇室経済会議というところで決められるんだ。その会議の議長は、あの（このあのは強めて）田中なんだからね〟。

田中角栄問題が問題にされ始めていた頃だった。そして中野さんはこう続けた。

〝そういうことも知らないで、イデオロギーがすべったの、転んだの言っても駄目なんだね〟。

中野さんは、言い終わって私をふりかえって破顔、その笑顔が何ともしれず、いいのである。

すると傍のやつが引き取って言った。

〝そなんです、こいつ何時《いっ》でもイデオロギーをすべらしたり転がしたりするだけなんです〟。

〝だったら君、皇室経済会議って知っているか〟。

〝いや、おれも知らねえ〟。

そこで一同笑いにつつまれた。

帰宅後、私が六法を引っぱり出して、皇室経済法を開いてみたのはいうまでもない。それといっしょに、いくらか牽強付会の嫌いはあるが、中野重治の「空白」という短編を改めて読んでみた。新版全集第三巻に載っているこの小説は、『世界』五四年四月号が初出であるが、主人公の「おれは出版関係の仕事をしてい」て、それをある青年が「大学にいながら出版の仕事を手伝っていた」。その大学生の仲間は、「平和運動に首を突っ込んでいるらし」く、「おれたちが動き出さぬうちに『民族の独立』の問題にはっきり手をつけていた。」そして、戦後早い時期に、「フランス・レジスタンスのこと」やポール・ロブソンの動きなどを「真っ先に日本に知らせようとしていた」。ところが、である。

《校正部屋でポール・ロブソンのはなしがでていたときおれがきいてみた。

「君、ロブソンの声、知っているかね。つまりレコードや何かでだが、耳で聞いたことある？」

「声ですか。ありませんね。ありません。」

それは半分ほどおれに意外だった。》

《ロブソンの働きなどをまっさきに日本に知らせようとしている彼らがロブソンの声を知らない……意外だったと同時にそれが痛ましいものにおれに見えた。ほんとにそれほどなのだろう。音楽に全く無縁なおれでさえ聞いているものをこの青年たちが聞いていない。》

すると、中野さんは、マルクス主義の一応の書き手をもって自他共に認めている私に、或る「痛ましいもの」を感じたのだろうか。中野さんとのやりとりを振り返って楽しみながら、私に或る忸怩たる感情が寄せてくる。

［付記］以上は丸山珪一の慫慂もだしがたく、エッセイ程度ならということで書き始めて書いた。もっとも、エッセイという表現形式を、私は手軽なものとは思わない。ところが、書き始めると興がのってきて、まだまだ書けそうにもある。だが、これはここで打ち止めにする。「回想の中野重治」ということでは、もう

すこし腰を入れて「続」をも書いてみたい気が、いまはする。なお、日付その他は、可能な限り資料に当たって確定するようにしたが、中野、神山その他との会話は、私の心覚えにもとづいている。したがって、あの時は、ああではなかったということもあるかもしれないが、私における事柄の「真実」を再現してはいることを付け加えておきたい。

（二〇〇一、一一、三）

Ⅱ　神山茂夫の死と神山茂夫研究会

この前、季報『唯物論研究』七九号（2002年2月）の「生誕百年の中野重治」特集号に、私は「回想の中野重治」と題して書いた。その際、附記して「続」をも書いてみたいと言ったところ、丸山珪一から、それをぜひ書くようにとの申し出があった。私は、これを有難く受けることとする。

1　神山茂夫の告別式・追悼集会および納骨

前論でも書いたように一九七四年七月八日に神山茂夫が死んだ。内々の告別の行事が済んだ後、私たちは改めて大衆的な告別式と追悼集会をやろうということになり、同年七月二七日に東京の全電通会館を予約した。ここで私たちというのは、中野・神山が主催していた小さな思想サークル、クラブ有声社の面々と、私のように前から神山と昵懇だった二、三人で、中野重治が中心となり、森数男が事務方の元締めみたいな立場だった。私たちは、ワンセットの告別・追悼集会で、誰に弔辞を読んでもらうか、誰に発言してもらうかで、思案せざるをえなかった。神山の生涯での広い附き合いのなかで、どなたに登場してもらうか、あるいは簡単な発言をしてもらうかは、なかなか厄介な問題をはらんでいたからである。結局告別式のほうは、まず開会を告げるため、「同志は倒れぬ」の曲を流し、型通りの黙祷、つづけて、神山の中学時代の恩師である小原国芳ほかの弔辞と、主治医大谷杉人の病歴報告、最後に全員の献花（結局六百人はいた）ということになり、なか一〇分の休憩をとって、そのまま追悼集会につなげることになった。後者では、まず中野さんに「はじめの挨拶」をお願いし、「思い出の神山茂夫」として四人のかた――清原道寿（昭和十一年からの神山の友人）、内野壮児（全協刷同時代の同志）、山口武秀（常東農民組合の指導者）、勝間田清一（衆議院議員）――にこれも簡単に語ってもらい、つづけて栗原幸夫が「革命家としての神山茂夫」と題して三十分ばかり話し、最後は「インタナショナル」の斉唱で閉じようということになった。

何回かの相談会のなかで、中野さんが〝よく遺影の上の方に黒いリボンみたいなのをつけるけど、あれ、いったいなんでしょうね〟といいだしたのが印象に残る。誰も答えることができずに、結局そんなものは神山の遺影にはふさわしくないということになり、つけないことにした。

さて告別・追悼集会の当日である。中野さんには追悼集会のほうの「はじめの挨拶」をお願いしてあったのであるが、きちんと原稿を用意してきていて、こんな風に語り出した、というより、語り出したことになっている。「はじめの挨拶をということで、挨拶をいたしますが、いろいろのことが群がって寄せてきて、そこのさばきが自分にもつきません。ひと口に無念という言葉が出てきます。彼が最後の息をひきとる瞬間、それを私は絶命という言葉で表すのですが、彼自身無念の思いをしたのだったろうと思います。……」（傍点は引用者）

　いま、こんな風に語り出したことになっている、と敢て言ったのは、右を私は新版（第二次）中野重治全集十九巻から引用したのであるが、全体の司会者として傍で話を聞いていた私に、ちょっとニュアンスが違うなと思われたからである。話でつかえたところなどではない。その語り出しの部分について、そう感じられた。そこで私は録音テープを聞き直してみた。すると、この冒頭部分が、「はじめの挨拶をしろというお話なので、挨拶をいたします、いたしますが云々」となってるのだ。これは会衆を前にしての話し言葉と、それを印刷に付するに際しての表現の間の微妙なズレの問題であるが、中野重治における音声言語表現と、文字言語表現の関係ということで、私にいくらか興味がもたれる。

　さっき告別式と追悼集会の間に一〇分の休憩をとったと言ったが、中野さんは、その間にも、「挨拶」の草稿をとり出し、これに補筆をしているのだ。覗き込む訳にもいかぬから、事務控室での中野さんの傍で待機していたが、その一〇分間に補筆した部分は、「挨拶」の最後、こんなところである。「さきほど、告別式が始まろうとするとき音楽が流れました。私たちは昔からの歌がうたわれるのを聞きました。あのなかで、私はかなり久しぶりに『雄々しき君は倒れぬ……』という言葉を聞きました。この言葉が耳に聞こえましたとき、それを神山に結びつけて受けとった自分の気持を誤りとは私は思いません」。

この日の中野さんの挨拶をテープで聞き直してみたが、何となく気力が弱って聞こえ、言葉がぼろぼろこぼれかかるようなのだ。それは多分、僚友神山茂夫の死に面して、突き上げてくる感情を抑え込んでいたが故ではなかったかと、私は思う。この告別・追悼集会の記録映画は土本典昭によって製作され、のち何回か見る機会があったが、語る中野さんの身体全体に孤影がさしていたように見受けられる。「追悼・神山茂夫」と題された。

*

一九七四年十二月八日には、神山茂夫の納骨が松戸市（千葉県）松戸霊園で行なわれ、百人ほどが参集した。神山家の奥津城が綺麗に整備され、入り口に向って左側に神山茂夫の墓碑が立てられており、それには「神山茂夫の生涯」と題し中野重治の撰文が鐫《ほ》り刻まれていた。それはこう認められる。

《神山茂夫は一九〇五年二月一日、下関で生れた。小学校、中学校をはたらいて卒業ののち労働者生活に入り、生活を通して労働組合運動に入り、一九二九年日本共産党の陣列に加わった。

実体として日本国家権力の問題、同時に日本革命の路線の問題が最もするどく彼をとらえた。

問題の現実的な解決のために彼は献身した。その途上、一九七四年七月八日、共産主義者、革命家としての生を彼は東京に終えた》。

中野重治撰

右引用の二箇所に私は傍点を付した。神山の生年・没年にかかわる日付のところである。

実は、中野のもともとの撰文では、ここのところ月日までは入っていなかった。それを私は、改めて一九七四年の手帳に書きとめておいたところで確認した。しかるに、神山の親族が強くいいつのって月日まで入れることを中野に了承させたという経緯がある。私はそのことで撰文の中野らしさが減殺されたのではないかと疑う。

それと、墓碑の撰文では、「神山茂夫は……下関で生れた」となっているが、中野のもとの文章では「下関に生れた」となっていた。一つの助詞のちがいにすぎないが、ここが「で」では日本語としてなんとなくしっくりしない。これには中野も可成りこだわっていたことを松下裕からの端書で教えられた。いわく――、「中野さんは、『あれにはまちがいがあるんだ』と言って、(全集十九巻では) 原稿どおり『下関に生れたとするように求められました』『下関で』となっていたので。『「下関でだって……」』とひどく軽蔑したような口ぶりでもう一度言い、『……に』という日本の言い方に強く執着しているようすがよくわかりました」(２００２年12月20日付、カッコ内は津田による)。

一つの実験として、件の日付を取り除いて、「下関で」を「下関に」と訂正、たとえば次のように分かち書きにしてみたらどうだろう。

神山茂夫は一九〇五年
下関に生れた
小学校、中学校をはたらいて卒業ののち
労働者生活に入り
生活を通して労働組合運動に入り
一九二九年日本共産党の陣列に加わった
実体として日本国家権力の問題
同時に日本革命の路線の問題が
最もするどく彼をとらえた
問題の現実的な解決のために
彼は献身した
その途上、一九七四年
共産主義者・革命家としての生を
彼は東京に終えた

これはもう「神山茂夫」という表題をもつ一篇の詩ではないか。

中野の撰文の中野らしさが減殺されたと述べたのは、右記のようなことである。このことも また中野重治における表現の問題――小さくない問題――として記しとどめておく。（なお私は、『梨の花通信』第二十九号に「中野重治撰『神山茂夫の生涯』について」という小文を書いたが、あそこには間違いがあった。今回調べ直して正確を期した次第である。）

新版中野重治全集第十九巻には、右のうち後者が収録されている。

2　神山茂夫研究会と中野さん

話を少し戻す。七四年九月七日、神山告別＝追悼集会の残務整理のための話し合いがなされ、その席上、神山茂夫研究会をつくろうじゃないかということになり、中野重治、森数男の積極的な賛成をえて、私たちはその準備に入った。呼びかけ文を発送し、呼びかけ人会議を招集、会則草案の検討などもやられ、翌七五年一月二五日、神山茂夫研究会の設立総会が開かれた。神山研の趣旨は、「私たちは大衆運動・政党内闘争・理論活動のすべての分野にわたる神山茂夫の業績を批判的に検討し、それを通して日本の革命運動史・マルクス主義史を研究するとともに、日本の近代・現代の諸問題に照明をあてていきたいと考えます」（『神山茂夫研究』第一号より）という会則の前文に尽くされている。

この設立総会でも私たちは、中野さんに「開会のあいさつ」をお願いした。中野さんは、神山茂夫研究会の目的、研究会の計画、その他大筋のところは、すべて私たち若手にゆだねてくれたが、「私として、会にのぞむこと」としてこんな風に語ったのだった。

《第一には、これは規約の問題にも関係することと思いますが、通俗にいって、この研究会が独立のものとして進んで行くことを私は切にのぞみます。そのためには、銭金の面と事務の面とが大事だと思います。

銭金の面では、私は、会員がすべてくそまじめに会費をはらうこと、それが非常に大事だと思います。銭金の面で、研究会が崩れるのではなくて発展の方向へ行くことを切に望みます。

第二には、神山研究会の仕事が会員各個の政治的主張のためにあるのではないということをお互いに了解して、すすめられたいと思います。会員のそれぞれが、その政治的立場をかたくとって動かぬということは尊重しなければなりませんが、この研究会そのものが、そのためにあるのではないということをはっきりさせておいて研究を進めたいと希望します。

第三には、研究会のやり方、つまり報告、研究発表、討論などについて、このごろの世間のやり方を見ていますと——私はよくも知らぬのですが——報告者がペーパーといいますか、中心の要領を短い原稿にして提出しているように見うけます。研究会参加者にも配布しているように見うけますが、あのやり方を学びたい。そうしないと、話が八方へ飛んで、肝腎のことが散ってしまうおそれがある。これは全員協力して、是非みのり多いように行きたいと希望します。》（『神山茂夫研究会通信』一号、七五年二月二〇日、『通信』は『神山茂夫研究』とは別）

こんな風に中野さんは、銭金の面と事務の面、総じて作風——いまはあまり使われなくなった用語だが——の問題について、実に細かい配慮をめぐらせた「あいさつ」をしてくれたのである。たんに儀式上の挨拶ではなく、実際的配慮に満ちた「あいさつ」だった。その後も、中野さんは、このような配慮を、いくつも見せてくれた。

そして中野さんは、「あいさつ」をこう結んだ。「偶然のことですが、今日は私の、恥ずかしいようなことですが誕生日にあたりまして、空も晴れあがって、私は満七十三才になりました。いろいろジクジたるものがありますが、時間的に出直すことはできません。皆さんといっしょに少しでも勉強して行きたいと思います」。

中野さんの挨拶のあと、私・津田道夫が経過報告と会則案の趣旨説明を行った。討論は、会則案に集中した。何しろ、私などより二、三十歳ほど年長の戦前からの活動家も多く参加しておられ、討論は激しく、紛糾する局面もあった。会則前文に、あれもこれも盛り込むべきだとする意見が多いなかで、「共産主義運動の思想的、政治的統一にこの研究会が寄与していきたい、という一節を前文中に挿入すべきだ」（片山さとし）という意見なども出された。これは中野さんの挨拶の趣旨とはちがっている。中野さんは、「規約は簡素なものにしておいても、そのことによって研究会の仕事がせばまることはないはずです」（『通信』一号）と発言してくれた。会則案は、字句修正を除いて総会採択となり、「案」が消されることになった。

＊

こうして神山研は公開研究会を発足させ、『神山茂表研究会通信』（七五年二月二〇日発刊）と『神山茂夫研究』（七五年十月、第一号を刊行）を発行することとなった。

私が、一人で中野さんを訪問したのは、手帳を操ってみると、七五年六月二七日のことである。一人で、とことわるのは、それ以前にクラブ有声社の人といっしょに訪ねたことがあるからである。中野さんは道順について、渋谷で省線を降りて、成城学園前行きのバスに乗り、オークラランド前で下車、そして……、といった具合に、小学生に教えるように細かく解説してくれた。そのとき私は、『神山茂夫研究』の「刊行のことば」（案、無署名）を持参して読んでもらった。読み終えて中野さんは、〝内容はいいんだがね、これ、文章が下手なんだね〟ときた。しょっぱなで私はへこまされた訳である。あれこれのやりとりがあって、結局、私の案文を置いて行けとなって、私は中野さんに加筆をお願いして帰ってきた。

後日、中野さんから速達の封書がとどいた。中野さんは、私の「刊行のことば」（案）に補筆・修正を加えるのではなく、驚いたことに全文改めて書き直し、それを私の案文といっしょに同封してくれていた。中野重治の筆による「刊行のことば」は『神山茂夫研究』第一号（七五年十月一日）以外のところには印刷されていないので、四〇〇字詰原稿用紙三枚弱のものの全文を左に引用しておく。

《神山茂夫が急死して一年を越しました。その間私たちは、「大衆運動・政党内闘争・理論活動のすべての分野にわたる神山茂夫の業績を批判的に検討し、それを通して日本の革命運動史・マルクス主義史を研究するとともに、日本の近・現代の諸問題に照明をあて」ゆきたいと考えて神山茂夫研究会をつくったのでした。そしてそのため、会創立の当初から、研究、資料、証言、神山の未発表述作などを収録する雑誌『神山茂夫研究』の刊行を予定していましたが、研究会をつみ重ねてきていくらかの成果もえられ、また私たちの直接知らなかったところで研究、資料収集の仕事が進められている事実を知り、あらためてこの種の刊行物の必要を痛感させらた次第でした。

『神山茂夫研究』の発刊にあたっては、あらためて言うほどのこともありませんが、私たちの目ざす方向が、実質的な歴史研究にあるとはここで言うことができると思います。私たちのいう歴史研究とは、今日の日本の、また日本マルクス主義陣営の当面する思想課題と直接きりむすぶ方向においての研究ということになりましょう。昨今の歴史偽造、史実抹殺などの模様を眺めて、このことをいっそう痛切に私たちは感じます。

私たちは、この雑誌誌面での問題提出、歴史素材の提出、研究、討論の発表が、諸問題の解決にただちに結びつくことを必ずしも求めません。問題の目前の解決のみを急いで追い求めない。私たちは、研究課題、討論過程の意味を尊重し、将来にわたって、歴史にかんする正しい認識をのこしたい、それが今日の課題にも正当に結びつくゆえんでもあると考えています。また私たちは、活字に残された素材だけから革命運動史、労働運動史を綴るある種の風潮にたいして、必ずしも活字表現に残されていない事実をさまざまな形で掘りおこし、これを歴史のために位置づけていく必要を感じます。そこに私たちは、この雑誌編集基調の柱の一本を立てたいとも考えています。

雑誌はさしあたり季刊を建前とします。しかし拙速・形式的な三月に一冊というよりも内容充実を重視したいと考えています。

最後に私たちは、会員諸君、読者諸君の正規の誌代支払いを願います。これは願いであるとともに要求でもあります。目前の政治変動、経済変動のなかで、私たちの仕事を継続発展させて行くためにこれは不可欠の基礎保証であるとともに、仕事の財政的基礎ということについて、日本の運動五十年史を正しくふり返ることでもあろうと考えます。》

右「刊行のことば」は内容的には、私の素案と殆ど変わらない。しかし、文体は中野重治のものになっている。ただ、内容的には私の素案と変わらないといっても、最後のパラグラフなどは、まことに中野さん的である。会員には、運動の大先輩も多くおられるのに、「誌代支払い」について、「これは願いであるとともに要求でもあります」などと、若輩の私に書けるはずはないからである。

私は、中野さんから文章上の注意を受けたことが、右の折を含めて二回ある。もう一度は、私が『思想課題としての日本共産党批判』（七八年三月）という論集を上梓、これを中野さんに贈ったところ、折り返しこんな葉書きをもらった。

《『思想問題（課題の誤り、津田）としての日本共産党批判』頂戴。「あとがき」「はしがき」の日付からいろいろ厄介もあったことと推します。なかなか厄介な時節と思いますが、そうでなかった時というものはかつて歴史になかったのでしょう。

（貴兄の文章――文章のみ――いささか読みづらい点あり、も少し通俗に書くクフウがあってよかろうとも思います。vulgär には無論あらず。通俗かつ文法にかなって――京都の選挙結果どんなものかと思っています）》

なお、右の「クフウがあってよかろう」のところがら線が引かれて、「コレハ忙シサカラモ来ルデショウ。」とも書き入れられていた。vulgär というドイツ語は「卑俗な」「下劣な」というほどの意味であろうか。要するに中野さんは、卑俗でない通俗性を、文章について要求していたということである。

3　抽象的「非転向」と現実的「転向」と

私の中野さんとの出会いも、紙数の関係で途中大幅に省略する。

私は一九七六年の十一月末か十二月に、何回目かの中野さん訪問をしたらしい。曖昧ないい方しか出来ないのは、この年の手帳を紛失してしまっているからだが、しかし曖昧のなかに十一月末か十二月に、といえるのは、生垣のくちなしが赤い実をつけていたのと、『通信方位』

五四号（十月二〇日号）に中野さんが「宮本・袴田の『申請理由』を見る――われわれの反省の件」（十月十二日執筆）という小文を発表していて、これを素材にして、この日は「転向」や戦後の「党」の再出発の問題でかなりの時間が話し合い――といって、私が聞くほうが多かった――で費やされたのを、したたかな印象にとどめているからである。

　中野重治は件の「……われわれの反省の件」という小文で、どう問題を提起していたか。端的な引用からはじめる。

《それにしても、宮本たちは一九四五年十月はじめに（……）出てきたのだったが、なぜかれらは――それは二人だけを指すのではない。――八月十五日中に、日本全国の――当時の「満州国」、「朝鮮」、「台湾」をふくむ。――全政治犯人の完全釈放を要求しなかったのだろう。私は、その形が「要求」でなければならなかったとは言わない。連合軍司令部（あるいは並びに日本政府）にむかって、全政治犯人の完全即時釈放を「申請」しなかったのだろう。「運動としての非転向の欠如」ということがそこになかったか。それは、私など「転向」していたものとの、停滞した一致においてあったのではなかったか。ここはわれわれとして、腰を入れて考えてみなければならぬところだろうと思う。》（傍点は引用者）

　運動の現実から切り離された「非転向」は、抽象的「非転向」に過ぎず、それは現実的「転向」と背中合わせの関係にあるということである。転向＝非転向の問題は、運動との関連でこそ問われるべきであり、この関連を捨象したところでの転向＝非転向論議では両極端は一致するし、一致せざるをえない――私は、そんな風に、エンゲルスのいう弁証法の一法則をもちだして語ったのだった。中野さんは、この抽象的「非転向」という言葉が気に入ったとみえ、何度もこの言葉を繰り返しながら、行きつ戻りつの議論が重ねられた。その行きつ戻りつの議論のなかで、中野さんは、宮本顕治の「私の五十年史」（宮本『救国と革新をめざして・宮本顕治現代論3』所収）のなかの一節に言及した。それは戦後の党再建をめぐっての一エピソードに関している。その宮本文には、こうある。

《私は獄中にいるときから、「赤旗」の発行をはじめ党の公然活動は、直ちに日本共産党中央委員会の名前でやるべきだと考えていた。確かに外部の党は破壊されてはいたが、私たちは党の中央委員として獄中でも党の旗をかかげつづけ、日本共産党中央は不滅だったからである。市川正一の獄死は大きな痛手だったが、少なくともこんどの出獄者の中に非転向の中央委員が何人かいるだろうと考えていた。だが実際は、三人もいないことがわかった。》

宮本によれば、「党」・イコール・中央委員会であり、その獄中の非転向中央委員が中心になって戦後の党は再建されるべきだったというのである。これが徳田・志賀を中心とした再建コースと対立したのはいうまでもない。中野さんは〝きみ、三人もいなかったとは、文法的には、二人だけだったということだからね〟と、そういって、宮本＝袴田正系史観に異を立てて語ったのである。それに「私たち党の中央委員として獄中でも党の旗をかかげつづけ、日本共産党中央は不滅だった、云々」といったところで、その「不滅」性は運動の現実と全く切り離された問題であり、それじたい抽象的「非転向」の一つの現われ以外にないのだ。しかし、これらの問題を具体的に展開する時間は、中野重治には与えられなかった。

私は、まだ日の高いうちに中野家に行ったのだったが、薄暗くなりかける頃まで、四、五時間程も話し込んでしまった。その日は、原泉さんもお手伝いの曽根さんもいなかったせいか、中野さんは、玄関まで送ってくれ、そこでまた、立ったまま話し続けるのだった。体の具合もよく興ものったとみえる。その立ち話のなかで、中野さんは、ふと、〝宮本が自慢している人民共和国憲法草案、あれ転向なんだ〟と言われた。私は、それまでの話のつながりから、たちどころに意味を諒解することができたが、それを、のち拙論で展開したのだった。

いよいよ辞去ということになって、生垣のくちなしの赤い実があまり綺麗なので、〝くちなしがきれいですね〟というと、〝くちなしなら、いくらでもあげますよ〟と、そう中野さんは言ってくれたが、その日は、なお回る先があったので遠慮し、〝こんど下さい〟と言って別れた。わが家の荒れ庭にも、くちなしが欲しいと思い、いずれ数枝をいただいて挿木しょうとしたのであったが、その思いが果たされぬうちに中野さんは逝ってしまった。

＊

この会話の直後、私は『現代の眼』七七年三月号に、「宮本風建前党史論を批判する」を書いたが、ここで中野重治の問題提起を承け、その或る側面に限っての問題展開の拙い代行を果たしえたと、そう考えている。事柄の性質上、右の論から、いくらか長い引用をお恕し願いたい。

《私は、……宮本における抽象的「非転向」ということをいった。中野重治は「『運動としての非転向の欠如』ということがそこになかったか」（『通信方位』五四号）と問題をだしたが、この抽象的「非転向」は、現実的「転向」の一粒の契機を付着させていたのではないか。歴史にたいする、運動にたいする現実的責任の観点からみてそうなのだ。私は、なにも非転向そのものを不可としているのではない。……しかし、この「非転向」が、歴史・運動にたいする現実的責任の問題を全く自覚することなく、ひたすら抽象的に自己賛美され、それどころか、組織内権力表象にまで転化させられるとき、それは抽象的「非転向」、抽象的がんばり主義に堕したといわざるをえない。この抽象的「非転向」こそが、歴史にたいする現実的責任ということから、おのれを「自由」にしたところで、運動の内実評価を観念において超克した、形式的つながりのうえでの「正統」（二人の非転向中央委員中心主義）のみ誇示するところともなる。……ここにあるのは、文字通り抽象的「正統」主義以外でない。抽象的「非転向」のうえに、さらに抽象的「正統」主義が接ぎ木されたといってもよい。》

《そして、これは、私見であるが、宮本顕治における抽象的「非転向」が背負っていた一粒の現実的「転向」の契機は、宮本が自画自賛する「人民共和国憲法草案」の起草・発表によって具体化されてあらわれてきたといえぬか。およそ革命の憲法などは、蜂起した人民の意志を表現したものでなければならない。しかるに、日本の敗戦と、戦後の民主化は、外から、ないし、上から押しつけられた要素がつよい。そこにおける人民的事業の契機を、まったく無視するわけに行かぬにしても、少なくとも最初のきっかけは、連合国政府・人民——具体的には占領軍——の主導によって与えられた。そして、「人民共和国憲法草案」は、現実の人民的事業の表現としてではなく、いまいった、上から、ないし外からの解放にのっかり、それを与件としたものでしかない。それは、それに先立つ、ないし当時の人民の現実の闘争とは、かかわりのないところでこそ起草された。私が、それをもって、現実的「転向」の契機が具体化されたとなすゆえんである。私たちは、今日の宮本指導部の修正主義路線を、この抽象的「非転向」＝現実的「転向」とのつながりにおいて、一つ歴史的に検討してみなければならない。宮本修正主義の建前に、マルクス＝レーニン主義の建前を対置し、その距離測定をもって批判しおおせたかに思い込み、ひとにも思い込ませるだけでは、もうどうしようもないところに来ているのではないか。》(傍点は引用者)

右引用中、「これは、私見であるが」と私は書いたが、これは厳密にいえば、正しくない。実際、中野さんの示唆により私が気づかされたところなのだからである。

また、私は「宮本指導部の修正主義路線」と書いたが、それは一九六〇年代後半、日共宮本指導部が中ソ対立を与件として利用しつつ、その「自主独立」路線を政策レベルにまで具体化して大衆のナショナルな情感をを収攬《しゅうらん》するべく、議会主義＝民族主義を完成させてきたあたりが念頭におかれている。いくつかのメルクマールをあげれば、六七年四月二九日には、議会主義の建前宣言ともいうべき「極左日和見主義者の中傷と挑発」（四・二九論文）が出、六八年一月には、日共の「安全保障政策」が発表されたが、それはジャーナリズム・レベルでは、「自衛中立」論と翻訳されて流布された。六九年三月には、「千島問題についての日本共産党の政策と批判」が出され、領土問題における排外主義の立場を明確化するに至る。この頃から、救国、革新といった言葉が盛んに使われるようになり、七〇年代には、いわゆる理念問題や訳語問題が提起されているが、いま詳しい跡づけをしているいとまはない。

私は、右の「宮本風建前党史論を批判する」という論が載った『現代の眼』七七年三月号——それは二月はじめにはでていた——が刊行されて、それほど間もない七七年三月三日に中野さんを訪問している。中野さんは、拙論を細かく読んでくれていて、このときは大いに評価してくれもした。拙論について、中野さんの問題提起をうけての「問題展開の拙い代行」であったなどと、いくらか不遜な言い方ができるゆえんである。中野さんが、拙論中の「抽象的『非転向』」という言葉を、「抽象的『転向』」といい間違えたりして、そのたび、「いや抽象的『非転向』です」と改めると、中野さんは一とき破顔、「その抽象的『非転向』だがね……」といった風に話し続けられたのなども、いま、あらためて思い出す。

ついでに言っておけば、右の拙論が出てしばらくして、私は『赤旗』の配布を止められた。「党」批判のために利用する者には、売ってはくれぬということだ（電話での問い合わせに昔からの知り合いの菱沼さんが、そうこたえた）。いまでは考えられぬ話だが、再配布をかちとるまでに、かなり大事《おおごと》な交渉をしなければならなかった。

4　原理的かつ現実的に

途中はしょって神山茂夫研究会のことに話を戻す。

『神山茂夫研究』第六号（最終号、一九七九年四月）の巻頭に、栗原幸夫は「会を閉じるにあたって――終刊の辞」を寄せ、こう書いている。

《神山茂夫研究会が発足したのは一九七五年一月二五日である。そして今回、その歩みにピリオドを打つことになった。この四年間に私たちは二十四回の公開研究会を開き、最近の二年間には天皇制にかんする専門研究会を毎月一回のペースで継続してきた。また会報として『通信』を二九号まで、機関誌『神山茂夫研究』を六号まで発行した。すべてを自前で経営しなければならない自立の小集団が四年間に成しとげた仕事として、この成果は私たちにささやかな満足感を与えてくれるものと思う。会場の設定、連絡、記録、編集、校正、発送、代金回収、会費徴収など、会を支えるすべての実務は、この間、数人の若い会員の無償の協力によって恒常的に担われてきた。私たちはまず何よりも、会の事務局を構成したこれらの人々にこころから感謝したいと思う。》

《私たちは神山茂夫研究会を発足させる時、最小限二つのことを申し合わせた。それはある時期が来たら会を自分たちの総意で解散することであり、もう一つは会を神山茂夫個人の顕彰のためにしないこと、であった。

戦前・戦中・戦後という時間の流れに沿って、神山の行動を軸に日本の革命運動史の問題を研究するというプランは、約三年間をかけて完了した。その時私たちは、それ以上の研究は個別的テーマの深化にならざるをえず、そのためにはもはや「神山茂夫」という個人に即することは必ずしも有効ではない、と感じはじめていた。その打開策としての専門研究会においても、特に個別的・理論的領域において、今日の関心や水準は神山のそれとは当然のことながら大きくへだっており、研究はとうてい「神山茂夫研究」の枠におさまりえないことは、たちまち明らかになった。このような研究会活動の行きづまりは、同時に会運営の人的エネルギーを低下させる結果にもなった。私たちが発足時に想定した〝時期〟を、いま私たちは迎えているのだと考えた。私たちは心おきなく会の解散を決定した。》

右の栗原文では、会報『神山茂夫研究会通信』が「二九号まで」でたとされているが、しかし、実際は『神山茂夫研究』第六号がでた後、七九年五月一日づけで第三十号が出、「最終号、第五回総会案内」とされているので、そこは訂正しておかなければならない。そして、神山茂夫研究会は、七九年五月十二日、第五回総会を開き、四年間余の総括討論をしたうえで、解散することになった。創設から解散まで、キチンと総会を持ってその歴史を閉じるようなあり方は、稀有なものではないかと思う。このような会は、だいたいが設立当初は景気がいいが、その解散はずるずるべったりやられてしまうのが常態であるのに比べて稀有なものだったといえるだろう。設立＝解散のこうしたあり方について、中野さんの意向が強く反映していたのは、いうまでもない。

私は、この解散総会から、なか二日おき、五月十五日、報告をかねて中野さんを訪問した。そのさい、『神山茂夫研究会通信』三十号分をまとめて持参した。雑誌『研究』のほうは、きちんととってあるものの、『通信』のほうは散逸して中野さんの手許にバックナンバーがそろっていない様子だったからである。

『通信』は、B四版の上等の紙を二つ折りにし、四頁、六頁、またあるときは八頁にもなる会報であったが、まとめて重ねると一センチ程にもなった。中野さんに経過を詳しく報告した後、右一式をとりだして手渡すと、いかにも満足げに受け取り、テーブルの上でトントンとそろえてみたり、撫でるような仕草をしてみたりしていた。〝ありがと〟とか、〝よくキチンとやりましたね〟といった言葉をさしはさみながら。

少時ののち、中野さんは、あらためて私を振り返り、〝ときにきみ、御歳《おんとし》いくつにおなりかね〟と聞いてきたのだ。私は、前日の五月十四日が五十歳の誕生日だったから、〝もう、五十を越してしまいました〟と答えると、〝若いね〟と、いっとき破顔、こんな風に言ってくれた。〝まだ出直しのきく歳だ、原理的に出直せる、原理的に出直すことを現実的にやることのできる歳だ〟と。私にある感慨が寄せてきた。振り返ってみれば、中野さんは、中野小説のなかの最大最高の傑作『甲乙丙丁』――私はそう見る――を、歳六二から六七までの間に執筆したのだった。

私は、帰りしな、手帖に「原理的に出なおすことを現実的にやる（中のさん）5／15」と書きつけた。この時が、中野重治と面談する最後の機会になるとは、私は予想もしなかった。

＊

七九年七月頃だったか。神山茂夫の秘書をやり、神山茂夫研究会で金銭出納などの実務を担当してくれていた渡辺れい子から、私は中野さんが悪いらしいことを告げられた。しかし、私のような若輩がさわぎたてたとて、どうなるものでもないと考え、事態をそのまま放置していた。中野重治は、同年八月二四日五時二一分死去した。

実は私は、障害者教育関係の講演をたのまれ、八月二四日、金沢に行っていた。その当日、かつて中野さんが学んだ、旧制四高が、郷土資料館になっていたので、若い友人といっしょにそれを見学していた。その夜は、安宿屋に泊まり、中野さんの死を知らされたのは翌二五日の朝刊によってであった。

帰京後数日して私は、中野宅に弔問に訪れた。お手伝いの曽根さんが出迎えてくれた。中野さんの骨は、野草やイガつきの栗でつくられた祭壇に納まっていた。原泉さんは、看病と、死とその前後のあれこれによる疲れとで、二階で休んでいた。曽根さんが、私の来訪を告げると、ちょっと上がってもらうようにとのこと、私は、二階で寝たままの原さんに挨拶、いろいろ話を伺うことができた。なかで、原さんのこんな話が印象に残る。もう意識も混濁してきていたころ、何でも、佐多稲子が病室に入り、中野さんの足をさすりはじめると、〝稲子さんだね、ありがと〟と言ったというのだ。原さんは、〝あれ、わかるんですね〟と、いかにも不思議そうに語るのだった。

九月八日、午後一時から青山葬儀場で告別式、私も出席したが、その記録は新版全集二八巻の年譜にもあるので、それにゆずる。ただ、この告別式の全体は、土本典昭らによって撮影・編集され、記録映画「偲ぶ・中野重治」として、十一月一五日、岩波小ホールで試写会が開かれた。先の「追悼・神山茂夫」といい、「偲ぶ・中野重治」といい、ただの――ただの、というのもおかしな言い方であるが――告別式を撮って、それを十分鑑賞に耐える作品に仕上げたところに、土本の作家としての力量が感じられた。

（02・4・25）

〔付記〕前回の「回想の中野重治」といっしょに、或る時代の小さな記録として書いたが、田畑稔、丸山珪一をはじめ、『季報・唯物論研究』編集部の皆さんにお礼申し上げる。

前回の「回想の中野重治」のなかで、「食い物の問題」について私は、中川隆永の放送を聞いての「覚え書き」から引用し、「いまから見ると、いささか記録として物足りない、云々」というところを、松下裕の言であるかに書いたが、これは中川隆永の言であった。松下裕『評伝中野重治』にも、そう明記している。私の早とちりによる間違いで、中川隆永、松下裕の両氏、および読者にお詫びする。

第二部　『甲乙丙丁』の世界

Ⅰ　一つの楽しい小説

主題と素材と方法と

『甲乙丙丁』は、中野の作品の中では珍しく文脈も、物語の筋の運びもほぼ明断な長篇小説である。ただ、事柄（素材）が、歴史の縦の線においても、横の拡がりにおいても、昭和初年から一九六四年春現在（つまり作品の上での現在）にまで多岐に渉っていて、それに厖大な数の固有名詞が登場させられることもあって、一度通読しただけでは、筋をとおしてその全体像をつかみとるのは、なかなか困難である。しかし、二度、三度と読み返すうちに、その全体像をつかみとることが出来、それができるとこんどは作品世界のなかに引きずり込まれるような興味に誘われるものをもっている。それに私見では、その素材配置の多岐性によって、いろいろに読み込むことを可能にしている作品でもある。

それと同時に、ところどころにユーモラスともいえる記述が介在させられていて、それがわけてもひとを楽しませてくれるのでもある。この点で、まずいくつかの例をとりだしてみよう。たとえば、八章から十二章までは三月二一日を、作品のうえでの現在としているが、主人公の一人である津田が自宅でひとり調べものをしながら、あれこれ考えをめぐらせているところへ、妻の京子と娘の麻子、それにお手伝いの山根の女三人が牡丹餅を買って帰って来たので、津田も「今日が春分の日なのに気がついた」。お茶を入れて、みんなで牡丹餅を食っている条りに、こんな情景が挿しはさまれているのだ。

《「おとうさん、いい、これ、いただいて……」

ひとつ残った牡丹餅へ自分の楊子を突きさして娘がいう。

「それがよくない。突きさしてから何で挨拶するんだ……」と思うが、津田は口には出さなかった。決して直らない。津田自身にしてもしょっちゅうやっている。》（全集⑦、十一章）

話の本筋からは、いくらか外れたこの種の記述に、読者は軽いユーモアを感じとることができないだろうか。作者の中野も、こういうエピソードを楽しんで書き込んでいるように見える。

もう一つだけあげよう。

作品世界の後三分の二くらい（二六章から五七章まで）を支配することになる田村榊は、学生時代（新人会時代）からの友人である砂田（砂間一良《いちろう》がモデルである）が「しきりに会いたがっているもんだから」態態たまの日曜日に代々木の日本共産党本部に出向くのであるが、その道すがら砂田と、もう一人の新人会時代の友人であった佐伯（林房雄がモデル）を対比しながら回想にふける。それは「今の田村の住まいからつい目と鼻のさきというあたり」の「上野桜木町の合宿」「追分の合宿」の頃のことだった。砂田は、口癖のようにして、「何といっても、この、われわれとしては、この、必ず常に組織的にはたらく、活動するということが、この、必要だと思うのです……」と、ひどく耳ざわりという程ではないが、全く無意味な「この」を入れて、そのことを繰り返すのだった。これに対して佐伯は、軽い吃りがあって、「われわれは、インテリゲンチャなのであって、その仕事の、形、形態については、革、革命的浪人性ということが重要なのだ……」と繰り返していた。田村たちは、いつも四、五人連れで銭湯へ出かけ、帰りにそば屋に入るのだったが、「そんなとき、ひと月に一ぺんかふた月に一ぺんくらいの割で砂田がいいだすことがあった」。

《「おい……みんなで、この、ビールを一本飲もうじゃないか……」

銅貨やら銀貨やらを卓の上へほうり出して、それを計算して彼らは一本のビールを飲んだ。それはひと口だった。

「悪いけど、この、ちょっと足りんな。これじゃ、この、飲まなかったのより悪いな。もう一本だけ、飲もうじゃないか……」

やはり砂田が言いだして、もう一本だけ追加して飲むことがある。それくらいのことを言いだすのに、砂田としては努力が要るのらしい。彼のなかには、ビールなぞは飲んではならぬもの、すくなくとも飲まぬようにするべきものといった戒律めいたものがあるのらしかった。

砂田はいかにもうまそうに一ぱいビールを飲んだ。その吝《けち》に見えかねぬところに、彼にいかにビールがうまいかが現われていた。砂田とちがって佐伯はビールなどをがぶがぶと飲んだ。

そしてそこに酒の味がわからぬというのではないが、砂田ほどにはわからぬらしいところが見えていた。》（全集⑧、四十三章）

冬場の夜中の午前二時頃、ここの条りを読みすすめていて、私は急にビールが飲みたくなり、冷蔵庫から一本もちだして来たのを覚えている。石油ストーブで暖めていた書斎の空気が乾いていて、それを生理的に要求していたのでもあっただろう。

だが話は、小説の中での現在へとひきつがれる。田村も砂田も、もう老境というのに近づきつつあって、両方とも党の中央委員で、砂田は党本部に勤め、田村の方は作家生活をつづけていたのだが、党中央の幹部会との間に意見の相違が現われ、何かと厄介な問題が寄せて来ていた。党本部での出会いで、その点についての危惧を砂田がただすように訊いてくる。

《「君は、この、幹部会と喧嘩したのかね。いえね、新文学会の大会やなんかでのことでだが……」

「喧嘩……しないね。喧嘩なんかしゃしないよ。」

……（中略）……

「そうかね。いや、おれア無論、そっちの方には一向不案内なんだ。全然、この、知らないんだよ。でも、なんとか、そんなことをちょいちょい聞くもんだからね。聞くってよりも、この、耳にはいるってほうだ。あれかね、文学のことかどうか知らんけど、腰越君（袴田里見をモデルにしている）と、君は、この、何か喧嘩したのかね……」

「腰越君……ないね。そんなことないな。議論したことはあるよ。しかしやっつけたことさえないな。喧嘩なんか、とんでもない。それがおれの欠点なんだからね。むかしッから、君の知っているとおりだよ。むかしからだが、直らない……」
「ふうん……しかしおかしいな。ただしこれや、自分で、この、直接見たんじゃないんだよ。人から聞かれたんだ。機関誌の方の男なんだが、用件があって幹部室に行ってると、腰越がかんかんになって駆けこんできたっていうんだ。田村の野郎、ふとい野郎だ……あれはちょっと、先生の癖だがね……とんでもない野郎だから、今に見てろってなことを、この、どなってたっていうんだよ。それでおれに、何かあったんですかってきいてきだんだよ。つまりその男は、おれと君が、古い知合だってことを、この、知ってるんだね。それからおれが、文化とか何とかって方面に全然無関係だってことを知ってるんだ。どっちかといえや、この、君のファンなんじゃないかな。それで何かあったんですか……おれにならば聞いてみても無難だからつていうんだね。自分でそう言ってたよ。なんだか、この、文化部だか文学の方だかの会議があったらしいんだね……」》（全集⑧四十八章、カッコ内は引用者）
　話題になっているのは、小説全体から見て、作家であり党中央委員である田村にとって、幹部会の方針との対立という、たいへん切実な問題である。しかし、ひどく耳ざわりというのとはちがう、殆ど無意味な「この」を入れる、入れないではしゃべれないようにも思える、この語り口——学生時代から変らぬ語り口——を作者は、かなり意識して、砂田に使わせているのであるが、先のビール問答に重ねて、こういうちっぽけなことにこだわって、それでいて大変真面目に書いているところが洵に面白い。それを私は、先にユーモラスな語り口と称した。ほかにも無数にちりばめられている、そんなようなところが、私に楽しい。

しかし、本論は、中野におけるユーモアを主題的に追究するのではない。一つの全体小説である『甲乙丙丁』そのものを貫く主題が問題なのだ。

1　変貌とその主体＝実体

『甲乙丙丁』の全体をつらぬく主題は何か。一言で尽くせば、「変貌」ということである。「変貌」の批判ということである。

何の変貌か。変貌の主体＝実体（以下、主体とだけ書く）は、日本共産党である。そこでは、一九六四年春現在において、昭和初年頃（三〇年～三一年頃）からの歴史の刻印を背負わされつつ、なお進行させられる政治路線や組織のあり方から党員の質にまで渉る、日本共産党のトータルな変貌過程が剔出・形象化されているといっていい。それは中野における「日本の革命運動の伝統の革命的批判」をモチーフとし、党員個々の変貌（或る場合、「激変」という言葉を中野は使っている）を、その人間性の批判にまで貫き通すことで、もっともラディカルな批判となりえている。したがって、それは「日本の革命運動の伝統の人間的批判」（この言葉は、える。円谷真護によって使われている。円谷『中野重治・ある昭和の軌跡』）にまで至りついているといえる。

しかし中野は、日本共産党の変貌を、それだけとり出して抽象的に形象化しているのではない。それは、日本資本主義の高度成長期から、六四年の東京オリンピックの直前に渉る変貌を、とくに都市の街区の風景や音の変貌などに象徴させて描きあげ、そうした日本社会総体の変貌の中に日本共産党の変貌過程を息づかせることで、その特殊な変貌のあり方を、党員個々人の個的＝人間性の剝落の問題として、或いは指導的党員の「激変」の問題としてとらえ、その形象化を通じて全体的批判の対象として描き切っているのである。その点で、日本共産党の変貌過程は、作品中それじたいの論理をもって追跡されるのと併せて、日本社会総体の変貌の関数ともなっているのである。その点で、二千枚を超える長篇『甲乙丙丁』は、一つの全体小説となっている。対象は日本共産党ではあっても、日本社会の諸々の政党や団体のあり方と、それが通底するものをもち、そのことで作品としての歴史的な普遍的意義をそなえているといってもいいだろう。

だが、『甲乙丙丁』は、ストーリーとしては割と単純である。全体が凡そ三つの部分から成り、初めの二十五章までの作品世界を、作者中野の一方の分身である津田貞一が支配し、二十六章から四十章までの第二の部分と、四十一章から最後の五十七章までの第三の部分を、もう一方の中野の分身と思われる田村榊が支配している。しかも、作品世界での現実的時間の進行は、六四年の三月某日から五月初旬の某日まで、二カ月足らずに限られる。

まず六四年三月某日、第一の部分で津田貞一は、「一昨日《おととい》の処分（党活動停止処分であろう）の通知」と併せて、党員が経営している日本統計資料社からは出社停止をくらって家で調べ物をしているが、思いたって大学時代の友人で、その後作家となり、いまは党中央委員でもある田村榊に電話、田村宅に行って話し込んで帰宅する（一章～七章）。三月二一日、春分の日、津田は、けたたましい目ざましで目覚めるが、階下からのにおいで「ふん、ライスカレーだな」と直観、それを食いながら調べものをつづける。夜になって党書記局からの「お尋ねしたいことがあるから、きたる三月二三日（月）午前十一時、中央委員会書記局まで来られたい、云々」の書留速達が来着する（八章～十二章）。翌々三月二三日、津田は党本部へ向かう。オリンピック前の街区の変貌途中の混乱に、したたかにつきあわされる。党本部では、書記局の代理人と称する人物が津田と対応。帰ってみると田村からの分厚な書留速達便が来ていて、その中に四二年、「新しい文学団体（文学報国会）が出来るにつき」（カッコ内引用者）田村も入会できるよう取りなし方を依頼した豊田貢（菊地寛）宛の手紙が同封され、読んで意見を聞かせてくれとの田村の手紙も添えられている。夜、おそく京子帰る。津田は田村に電話するも通じない（十三章～十八章）。四月七日、津田、何かの轟音で目覚める。田村宅へ行き、日本新文学会第十一回大会（六四年三月二六～八日）のことなどで話し込む。帰って晩飯にしょうとしているところへ、日本統計資料社の若い同僚勝浦から電話。四・一七に予定された公労協を中心とする約二五〇万の参加が見込まれる全国半日ストの中止を求めた「日本共産党」署名の「四・八アピール」の件を知らされる（十九章～二十一章）。四月八日、雨、「四・八アピール」のことで、「勝浦にしろ、どんなかの条件のなかできりきり舞いしているにちがいないその現場から離れたところにいる」という事実を津田は思い知らされる。田村にも勝浦にも話中のため電話が通じない（二十二章～二十五章）。

第二の部分。六四年四月上旬の某日。田村は目覚める。都市の騒音が寄せてくる。田村は病床にあって、あれこれの回想が寄せて来、それらをつなげて考えている。この病床の一日が、二十六章から四十章までつづく。

第三の部分。四月某日。田村はＡＡ作家日本協議会に出席のため家を出ようとしているところへ、学生時代からの友人で、党中央委員になっている砂田から、やにっこい長電話があり、そのため会議におくれる（四十一章）。

五月初めの某日曜日、砂田との電話約束にしたがい、田村は砂田にあうべく党本部に向かおうとする。党本部受付、その控え室で待たされる。砂田との話の途中で、党宣伝教育文化部長の津雲が「きょう見えるってこと聞いたもんですからね」といって入って来て、田村に「お時間ありますか」と問いかける。津雲は、テープをとりだして、それをかけ、日本新文学会第十一回大会にかんする党幹部会の見解を田村に伝え、新文学会幹事を辞退するよう迫る。ここに作品中、最大の山場である田村と津雲の対決場面が来るのであるが、これについては本論でも一章をさいて何れ分析されるであろう。やがて田村は帰途につき、津雲との会話をふり返りながら、あれこれ回想をめぐらす。やっと家に帰りつき、おとくさんに晩飯にしてもらう。酒をコップに一杯飲み、もう一杯追加してもらう。「酒がほんとうにうまい人間の、弁解も説明もしようのない悲しさのようなものを感じる」。津田から電話があり、津田の勤める資料社がつぶれると伝言があった旨を、おとくさんから告げられ、津田に電話をするも通じない。田村つかれ果てて床につく。死の予感が寄せて来るなか、あれこれ回想(四十二章~五十七章)。

『甲乙丙丁』を、作品世界での現実的時間の進行にそくして、そのストーリーのみ要約すれば凡そこんなところであろう。しかし、このストーリーの進行にそくして、津田、田村両者の認識内面に重畳しながら自責とともに現われてくる、それぞれが閲した歴史事実にかんする記憶表象が、作品のうえでの時間的現在の進行と縒《よ》り合わされながら、さまざまなドラマが展開されて、その綯《な》い合わせになったところで作品の全体像が読者に迫って来るように書き込まれた作品で、これはある。日本共産党史、プロレタリア文化運動史にかんする津田、田村両者の記憶表象としては、三〇年、三一年の「芸術運動のボリシェヴィキー化」の問題があり、転向、非転向の問題があり、戦後に限ってみても、敗戦直後と党再建、「日本新文学会」創立とそれ以後のこと、五〇年分裂、五五年の六全協、第七回党大会(五八年)、六〇年安保闘争、六一年の第八同党大会、そして六四年現在の四・一七ストの四・八つぶしの問題などが、それぞれ節目になって物語がくり展げられる。そのうえ、吉野義一、佐藤惣蔵、吉野喜美子（旧姓、矢部）など、現実の中にモデルをとった人物が作品中で縦横に活躍させられるのと併せて、そのときどきにおける津田、田村の反省――過剰とも思われる自責――が、物語に陸離たる光彩を与えているのである。桶谷秀昭は、これを中野重治における「自責の文学」（桶谷『中野重治――自責の文学』）と呼んだ。

ところで、よく問題になるのは、中野が、おのれの分身ともいえる主人公を、津田と田村という二人に分けたゆえんである。満田郁夫は、「利己心と良心――『甲乙丙丁』」（満田『中野重治論』）という精緻を極めた分析的評論のなかで、「これは想像であるが」とことわったうえで、こう言っている。「作者は当初、津田一人を主人公にしてどこまでも行くつもりだったのではないかと思う。津田が見た田村を書くこと、それが一篇の構想だったようだ。津田が主人公たり得なくなった時、破れかぶれのようにして、作者は田村を主人公の位置にもどす」。そして一例をあげ、雑誌連載中の第二回に、津田が、近所のお神さんの件や雨宮の妹の件を思いだした後、佐藤きみ子の場合について、こんなことが書かれていたことを明らかにしてくれるのだ。「吉野の細君が、佐藤の細君のきみ子にいった言葉はひどかった。（略）さすがのきみ子も黙って受け入れてしまった形になり、第一その場にいた誰一人問題にしなかった。津田自身も問題にしずにしまった。（略）」

満田は雑誌連載中第二回から右の引用をしたうえで、こういつている。「これだけでは何のことかわからない。この挿話は後に、吉野喜美子が佐藤きみ子に、文学をやめろといった話だったことが知れる。一九四五年秋、刑務所から出て来た佐藤惣蔵は田村たちと文学組織再建のために、病気を押して奔走している。『今は佐藤さんのからだが大切だわね』と喜美子はきみ子に言うのである。田村はその情景をいろいろに考える（四十七、四十八、五十六回）。連載第二回では、津田がその場にい合わせたことになっているが、文学運動のことであるから、同座したのは勿論、田村である。そして、先の引用部を含む第二回の十行ほどは、単行本では削られた。これは単なる錯稿としてもいいことだが、津田が全面的な主人公として予定されていたという想像の傍証にはなるように思う。」（満田、右回）

満田郁夫の緻密な考証は貴重である。しかし、私は満田のような精細な分析家ではなく、『甲乙丙丁』を全集本、七、八巻で主に読み、その作品世界の全体像に魅せられた人間として、作者が初め作品世界の全体を津田に支配させ、津田が見た田村を描くように意図したのではないかという説には、さしあたり賛否を留保したい。執筆・改稿過程の問題を捨象して、結果として私の前にある『甲乙丙丁』では、中野がおのれの分身として津田と田村という二人の主人公を措定したのが、部分的に不自然にわたる箇所があるとしても（後出）、かなり成功していると思われるからである。

では、津田と田村はどういう関係にあるか。津田も田村も東大時代からの友人で、津田は文学部社会学科にすすみ、田村は文学部独文科を卒業したことになっている。そして、津田が自分の専門――統計や調査の仕事――とは別に文学に興味をひかれている関係で、作家になっていった田村とは、その後もごく親しい関係が継続した。そして、さまざまな対象に対する感受性、批判的な評価で、この両者は殆どといっていい程に共通点をもっている。中野の感受性がそうさせたということなのであろう。つまり、津田も田村も、作者中野の分身以外でない。

　そして、中野は作品の中のこととして、この両者にそれぞれの役割を分担させているのである。津田は、日本共産党員ではあるが一般党員で、共産党系の統計資料社に勤め、女優である妻をもち、娘を育て、世田谷区世田谷にすまいがあって、お手伝いさんも含めた家族構成をもつ実生活者である。家を建て替え、庭に木を植え、建設工事・道路工事が進行中の都市の猥雑さの中に日常生活を営んでいるのだ。これに対して、田村のほうは、おとくさんというお手伝いさんがいるものの一人もので――作者は田村の妻さく子を七、八年前に死んだことにしている――飲み食い、病気になればその手当てを考えるなどのことはあるが、凡そ実生活というものを捨象させられた作家でもある共産党中央委員、それも現幹部会の行き方に批判をもつ中央委員という風に設定されている。作者は、自身の全生活を二つの面にふり分け、津田、田村という二人の主人公に、それぞれの役割を割り振っていると見られる。そして、津田は、実生活者としての一党員として、日本共産党を観察・批判し、田村は、作家・中央委員として、これを観察・批判することにより、批判を全体化するよう作者は仕組んだといえるであろう。そのことは同じ事柄を、津田は津田なりの立場から、田村は田村なりの立場で批判的に見るのを通して、それぞれの批判を相対化することで、全体としては、党のありように対する全体的批判に凡そ達っしえているということでもある。たとえば、『日本共産党の四十年』に対し、津田は、研究者として津田なりに、その論述の非歴史性を、『くにのあゆみ』の論述上の非歴史性に重ねて批判的に見（一章）、田村は、それが印刷されるに先だって中央委員としての意見を求められるのであるが、時間的にみて「そんなこと、できるわけがないじゃないか……」と概嘆せざるをえないような形で、形骸化された民主主義が押し通されて行く事態に立ち会わされるといった具合なのだ。「草案を印刷して、それも速達便で配布する。意見を積極的に求める。電話まで使えという。民主的、集団的か。このふうのやり方、特にこんな締切り方は、正規の機関でひとつも論議も決定もしていなかった。事実上不可能な形にしておいて、名だけ民主的。」（五十五章）沢崎中央委員の、核戦争が起きて滅亡するのは二、三の少数民族のみ、といった暴論に対しても、津田は市井の一党員として、その直観においてこれに批判的に対し、田村は、中央委員会での沢崎の似たような発言が、何ひとつ抑制されることなく、むしろ吉野書記長等がその官僚主義的党運営にこれを利用しようと放置する場面に際会させられるといった具合に、作品のうえでの役割が分担させられているのである。

　しかも津田は田村に対する批判者としても登場させられている。岡田孝一が「作者の分身である田村の言動を、同じようにもう一人の分身である津田の眼をもって批判的にとらえようとする複眼的作用の効果」（岡田ほか『研究中野重治』）を、作者が意識的に適用しているとなすゆえんであろう。たとえば、四月七日の条り、田村たちの日本新文学会第十一回大会（三月二七～九日）について、新聞などが盛んにゴシップ記事を流しているのを読んで、津田は、田村の上に思いを馳せ、こう独白する。「しかし愚図だからな。筋を立てるようでいて、いよいよという時に崩してしまうからな。そう見られても仕方のないところがあるんじゃないか。つまり客観的には、そう見られても仕方のない役まわりを実際につとめているということだろう……」（十九章、後出）――これは作品のうえでは津田による田村評ではあるが、中野じしんによる中野評と見ても差し支えあるまい。

満田郁夫の論（『中野重治論』）に戻れば、彼は、津田と田村の関係について、勿論相対的なこととしてではあるが、津田は「眼の人」であり、田村は「想の人」であるといっていて、私は凡そ宜なうことが出来る。津田は、「蟄居している彼の家の内外のあらゆる事物、田村の家への二往復、代々木の共産党本部までの一往復の間に出会う人と物を実によく見ている。」（満田、同右）これに対して田村のほうは病気がちのこともあって、歴史の縦の線をつなげて、あれこれの回想を引き出すのである。何しろ、二十六章から四十章まで、全集のページ数にして凡そ二五〇ページを丸一日のこととして病床にあって、回想につぐ回想――ときに眠って夢を見ることもあるが――を重ねているのだ。この関係を満田は、勿論大体の話であるがとして、「津田は主として現在を担い、田村は過去を担っている」（満田、同右）としていて、これも私は宜なうことができる。

このような小説上の仕組によって中野は、彼の生涯のモチーフ（勿論、一九三四年の転向以後の）である「日本の革命運動の伝統の革命的批判」を、作品上の時間の限りにおいて完結させることができた。

『甲乙丙丁』は、一九六五年一月号（実際には六四年十二月発売）の『群像』にその第一回が掲載され、六九年九月、五十七回で完結を見、その後直ちに上下二冊の単行本として講談社から刊行された。全集第二十八巻の年譜で見ると、六四年十一月二七日に、この第一回分は書き上げられたとある。中野は、神山茂夫とともに六四年九月に日本共産党を除名になる訳だから、その直後から連載が始まったということになる。しかも、五年にわたる『甲乙丙丁』連載の過程――歳六二から六七まで――で、中野は一度とて休載していない。ということは、『甲乙丙丁』執筆にあたっては、除名の前後からかなりの準備期間があったものと思われる。事実、満田郁夫の綿密を極めた研究によれば、中野は、この長篇に先だってかかれた「写しもの」（『人間』五一年一、二月号）や「プロクラスティネーション」（『群像』六三年五、六月号）の記述を殆ど『甲乙丙丁』に吸収してもいる（満田「『五勺の酒』『写しもの』の線」、『中野重治論』）。

そのような準備過程があったにしても、彼中野は、まさに右の時期に『甲乙丙丁』を書いて発表していったのである。書くことが可能になったのである。書くべく運命づけられたといってもいい。では何故、この時期か。ここで作品の具体にそくした分析をいささか離れて、敗戦後における中野の閲歴とからめて、この問題を振り返っておきたい。問題は、中野の敗戦直後の精神状況とその転換＝再入党、および彼がコミュニストとしての価値評価の極北に位置づけて来た宮本顕治との思想的・人格的関係の推移の中にさぐられるであろう。

中野の敗戦直後の精神状況は、作品「米配給所は残るか」の中にも活写されているが、『甲乙丙丁』でも作中の一方の主人公・田村榊のこととして、こんな風に出てくる。「戦争がすんだとき、田村はかなりぐったりしていた。口やかましく言われたり書かれたりした『虚脱』ではない。過去の整理が、彼自身のことととして一つもできていないことからそれは来ていた。そこからして、動きだすにしても何をどうするべきなのか見当もつかぬ実情が足もとにある。それだから、出て来い、運動再建のことで相談しようという話を持ちかけられても、それは第一に佐藤から来たのだったが、田村は『よしきたっ……』と腰をあげることができなかった。」(四十六章)

そして、中野は全集第七巻（『甲乙丙丁』の上から成る）の「うしろ書き」に書いている。「しかし変化は日を追うて時間を追うてさえ進んだ。いろいろの人に私は会った。ある日宮本顕治と西沢隆二《たかじ》とが連れだって来て私に再入党をすすめてくれ、私は心から感謝した。しかし『転向』のことがあって私はしばらく返事を待ってもらった。正確な日付が今わからぬが、たぶん十一月なかごろには二人の推薦によって私は再入党を許された。このとき再入党を許されたものとして、私はまずまず働いてきたと主観的に思う。」――この論述が私によくわからないのだ。事実経過のことではない。「再入党」に至る中野の内面に、このときいかなる事態が生起したのかということが、よくわからないのである。中野は、はじめ再建過程にある党への「再入党」をためらった。中野なりに自己了解した「転向」へのこだわりからであろう。しかし、宮本、西沢のすすめもあり、いくばくもなくして「再入党」を選択する。はじめのためらい、それはわかる。それから「再入党」への決断に至る内的過程がわからないのだ。三四年、「転向」直後の決断によれば、中野は自らに政治活動を禁じ、文学作品のうえで「日本の革命運動の伝統の革命的批判」に徹することで、第一義の道を歩もうとしていた筈である。その中野にとって「転向」者が「再転向」して政治活動に復帰するなどのことは、「組織というものをおもちゃにして遊」(『横行するセンチメンタリズム』、三六年三月) ぶこと以外でなかった。ところが、右の論述からわかることは、「変化は日を追うて、時間を追うてさえ進んだ」ということと、宮本・西沢の友情に感謝したということだけである。それが「再入党」の決断の与件になったとすれば――そして、それ以外解釈のしょうがないのだが――、それは中野ほどの人間にして可成り無様な――思想選択の上で無様な――状況的「再転向」ということにならぬか。とすれば、「このとき再入党を許されたものとして、私はまずまず働いてきたと主観的に思う」といっている、その働きは、三四年に選択した状況との緊張における孤独な格闘的営為などではありえない。おのれを組織にアイデンティファイさせたうえで、それを与件としての「働き」以外にありえなかった。

中野は、右の「うしろ書き」で、つづけてこう書いている。「そのうち年末へかけて新日本文学会組織のことがあり、それから衆議院議員に立候補しろと無理に無理をいわれて——そういう感じで、しかし承知して落選したり、参議院に立候補しろとなって今度は下位の三年議員に当選して西も東もわからぬ仕事にたずさわったりしたが、そのあいだに少しずつわかってきたことは、自分たちの過去が弱点に充ちたものだったらしいということだった。ひとことでそれをいえば実践上の私の無知ということだっただろう。」

中野が三年議員として働いたのは、四七年四月から五〇年五月までだった。後々からの回想に、あまり杓子定規の年代的あてはめをするのも、いくらかためらわれるところであるが、しかし、この辺は中野の思想的閲歴にかかわる分岐点でもあるので、記憶がそれほど不確かになっていることもあるまい。「そのあいだに少しずつわかってきた」という「そのあいだに」とは、一九五〇年ごろまでに、ということになるだろう。五〇年一月六日のコミンフォルムによる日本共産党批判と、それをきっかけとした五〇年分裂のころまでに、ということでそれはあり、「少しずつわかってきたこと」というその「こと」は、「自分たちの過去」の誤りということになる。『甲乙丙丁』の記述からも、それをうかがうことができる。

中野は、五〇年分裂にさいして国際派側、人格的にいえば宮本顕治の側にたって激烈にたたかうが、そこに主観的には「革命運動の伝統の革命的批判」というモチーフが働いていたとは考えられる。しかし、あの五〇年分裂では、組織の原則論の観点からすれば、宮本派に相対的に分があったとしても、五〇年問題そのものは分派闘争以外でなく、己れをも党全体をも歴史的に相対化して批判と自己批判の運動をくりひろげようなどという発想は、国際派（とくに宮本派）にも、中野にもかけらほども無かっただろう。

そこにコミンフォルムによる主流派＝徳田派支持が明確にされ（五一年八月）、国際派組織は一夜にして崩壊した。それから四年、日共六全協決議（五五年七月）は、極左冒険主義や家父長制を自己批判し、党統一の方向をきりひらくが、はじめは主流派指導部と国際派指導部の野合としてすすめられた党統一の仕事も、主流派側の志田重男や椎野悦朗のスキャンダルが暴露されるなど、それらが与件となって宮本顕治の指導権が徐々に確立される方向にすすみ、中野が三一人の中央委員の一人に選ばれた第七回大会（五八年七月）のころまでには、それはすでに牢固なものとなっていた。中野が、「自分の『転向』のこともあって」「強く尊重していた」（全集⑲、「うしろ書」）宮本のありように疑問を感じはじめたのは、まさにこのころからであった。しかるに中野は、六一年の第八回党大会では、新日本文学会の党員文学者たちのグループとの約束を破って宮本体制を強化するうえで一役買わされるところとなる。ところが、中野は、その直後から宮本との組織的訣別を予兆として自覚せざるをえなくなる。思想的には、すでにはっきり宮本批判の立場に立っていた。そして、この組織的訣別を予兆として感得することによって、再び「転向」を主題とした一連の作品――「貼り紙」「プロクラスティネーション」「帰京」を書くことになる（六二、三年）。裏を返せば「革命運動の伝統の革命的批判」の作品群で、大作『甲乙丙丁』への文学的序走とも、それはみられる。

中野が、事実その組織的訣別を実践するのは、六四年に、部分核停条約をめぐる意見の相違、四・一七ストライキ破りと、その「自己批判」のあり方をきっかけにして、漸くの思いで決断することによって果たされた。それにしても、五八年、とくに六一年から六四年の組織的訣別に至る過程での中野の洵に忸怩とした行動様式は、いったい何によって説明されるのか。私は、中野が、「自分の『転向』のこともあって」「強く尊重していた」宮本顕治への卑屈なほどのこだわりが、そこに介在していたからと考える。つまり、思想的には批判的な立場を獲得しえても、それが即人格的決裂という風にはいかなかったということであり、それは『甲乙丙丁』を一読しても実感されるところであろう。そして、中野におけるこのときのぐじぐじした行動の根拠の根拠はと手繰ってゆくと、遙かにそれは、敗戦直後の無様な状況的「再転向」、それによる「再入党」にもとめられると、そう私は考える。

党除名ということは政治的敗北を意味する。そこに中野は、『甲乙丙丁』を書いて、文学的形象を通しての「革命運動の伝統の革命的批判」に立たざるをえなくして立ったのであった。

そこでさて、私は再び作品の具体に即した分析に立ち戻らなければならない。

2　「観念的な二重化作用」の形象化

かつて小原元は、長篇『梨の花』にこと寄せて、こんな風にいったことがある。「回想と連想の交叉・反復をもって綴られるいつもの手法だが、特異ともいうべき個性的な少年の心象がみごとに彫りこまれ、作者固有の抒情が細部にまでゆきわたっている。」（小原「中野重治・抒情の完結――『梨の花』について」、『リアリズム』2号、傍点は引用者）

また満田郁夫は、長篇『むらぎも』を分析した一論においてではあるが、中野固有の表現手法について、こういっている。「安吉の回想癖、作者が主人公の回想を芸術手法に転じていることについては、菊池章一以来多くの人々の指摘するところである。代理家庭教師に行った安吉は生徒である青年の顔を見るなり、『いきなり非常な速さで昨日のことを思いだして』いる（第一章）。正門のところで平井を待っている安吉は、去年の秋、銀杏並樹のところで見た女のことを思いだし、同時に、『それを、この頃二、三度も思いだしたこと』を思いだしている（第二章）。」（満田「父・性・インテリゲンチャの道――『むらぎも』一截片」、『中野重治論』、傍点は引用者）

「回想と連想の交叉・反復をもって綴られるいつもの手法」「作者が主人公の回想を芸術手法に転じている」やり方については、『甲乙丙丁』においてこそ最大の効果が発揮されているといっていい。私が先に、『甲乙丙丁』ではストーリーの進行にそくして、津田、田村両者の認識内面に重畳しながら自責とともに現われてくる、それぞれが閲した歴史事実にかんする記憶表象が、作品のうえでの時間的現在の進行と綯《な》い合わせになったところで、作品の全体像が読者に迫って来るように書き込まれていると述べたゆえんでもある。

ただ、満田は、こういうやり方を「芸術手法」と呼んで済ましてしまうことに一定の疑義を提出した。満田は前引部分につづけてこういっている。「私はこういったことを、『回想』『芸術手法』と呼ぶことにさえ疑いを持っているのだ。人間とは、こうした無数の過去・大過去の経験、情念の複合体であろう。そして、渦巻き沸き騰るそれらを論理化しては、かろうじて現在、未来に相渉っていくのだろう。」「一つずつの過去が、一見過ぎ去ったようでいてどの一つもがそのまま過ぎ去っていくのではなく、人間の奥深くに潜んでいて、機会あるごとに噴出してはまた新たな過去を伴って沈澱してゆく」（満田、同前）、そのようなもので人間はあるだろう、と。人間に対するこうしたとらえ方は、人間的本質は社会的諸関係の総和《アンサンブル》であるとしたマルクスの把握に基本的に通じるものがあり、私は満田のこの留保に賛成することができる。人間は、過去のさまざまな経験――個人的な直接経験も、歴史＝社会的な間接経験もふくめて――を、その観念上の表象世界の中に、それぞれの輪郭に濃淡はあれ、すべて蓄め込んでいて、それが日常生活の中で、あれこれをきっかけとして意識表層部分に蘇り、或いはイマジネーションを通して引き出されて来て、眼前の事件進行にたいする認識と縒《よ》り合わされながら、現在の生活実践上の選択をして行くものなのである。私は、このような人間の認識活動のあり方を、マルクスにしたがって「観念的な二重化」作用、ないし、「観念的な自己分裂」作用と呼ぶ。つまり、『甲乙丙丁』では、この人間の日常活動の中で当り前の認識作用が表現手法として縦横にとり入れられていると思うのである。

観念的な二重化作用の問題を解説するべく、『甲乙丙丁』の中から、その典型例いくつかを左にとり出しておく。

津田は、代々木の党本部への道すがら、いまは家庭の主婦になっている、かつての女優、秋田慶子を偶然見かけたのをきっかけにして、妻である女優の「京子の最初の師匠でもあった」人の舞台稽古を見せられたときの記憶表象を想起するのである（十三章）。

《津田は彼女の舞台を見たことがある。それよりも、全く偶然なことで、彼女の稽古を見たことがある。生れて初めての、ただ事務連絡に行って偶然ぶつかったまでのことで、何の心の準備もなかったから、女が二人出てきて、津軽弁で猛烈な喧嘩をするところへぶつかって津田は言葉どおりたまげたことだった。しかし彼はいっそう、いわばこれとちがった次元でたまげねばならなかった。噛みつきそうにして喧嘩していた二人の百姓女――多分あすこで小休止になったのだったろう。――それがげらげら笑い出しながら自分勝手に話しはじめたからだった。今の今までの喧嘩とは何の関係もないことをしゃべり出した二人が、そこで口金のたばこを取り出して火をつけた。……津田はぽかんとなって仰天した。何のことかてんでわからない。無論それはすぐわかった。芝居なのだから。稽古なのだから。それの中休みなのだから。それにしても、あれほど向きになって喧嘩してた女二人が、どうしたら、こうもがらりと、全然別の世界へ出て一休みすることができるのだろう……》（傍点は引用者）

　日常生活の中では仲が好いのであろう二人の女優が、芝居のなかでは「噛みつきそうにして喧嘩する」、勿論芝居のなかで喧嘩したからといって、日常生活での関係が断ち切られるということはない。だから休憩時にはたばこを取り出し、何の関係もないことをしゃべりだしてげらげら笑い合う関係が出来《しゅったい》する。――この芝居の中での二人は、「観念的な二重化」作用を自覚的につくりだした訳である。それを見学していた津田が「ぽかんとなって仰天し」、しかしその意味するところは「すぐわかった」ということなのである。

　右は観念的な二重化を、芝居を演ずるというその必要により自覚的につくりだした例である。ところが、本論冒頭で取り出しておいた例でいえば、田村が五月初旬の某日、学生時代からの友人である砂田と会うべく代々木の党本部へ向かう道々、その学生時代の砂田や佐伯のことを想い出し、ビールの飲み様について回想をめぐらすのは、砂田に会いに行くという現実が直観されて、その直観をきっかけに学生時代の頃を想起して、あれこれ想いをめぐらせているのだから、これは田村の脳裡に、どちらかといえば自生的に突き上げて来た記憶表象ということになる（四十三章）。現実の田村は、老年期にさしかかり、同じく老年期にさしかかった砂田に会いに行こうとしている。しかし、同時にその田村に、観念世界で学生時代が蘇ってきたということなのである。田村は観念世界で学生時代になり切ったといってもいい。そしてこんどは、同じ表象世界の中にあらわれた「砂田のビール」の飲み方を直観し、それをきっかけに啄木の短歌を思い出したり、「勘次は酒を飲んだのだったかな……」と、長塚節『土』の主人公勘次のことが、いきなりという形で、想起作用のなかで想起されたりする。これは想起された表象世界の中でさらに「観念的な二重化」作用がすすんだということである。「観念的な二重化」のなかでの「観念的な二重化」といってもいい。

勿論、実際生活のなかでは、こうした記憶表象の想起など、瞬時のこととして、しかもかなり雑然とした形で脳裡にひらめくに過ぎぬものであろう。しかし、作品の中でこれを説明するには、そこに一定の筋道を立てて表現しなければならない。そして、そこにドラマが成立する。これを私は、「観念的な二重化」作用の芸術的形象化と呼んだ。

もう一例だけあげる。

四十二章は、田村が砂田の慫慂《しょうよう》でその彼に会うべく代々木の党本部に向かうところから起筆されていて、最後の五十七章までの間が、車中その他での回想、党本部受付でのこと、応接室で砂田とあれこれ話していると党宣伝教育文化部長の津雲が入って来て、田村に詰問風な問いかけをし、そこで田村と津雲の対決があり、それから帰宅して病床につくまでの間の一日分から成っているのであるが、この間田村には実にさまざまな記憶表象が蘇り、あるいは引き出されて来て、結果においてそれらが一つの連環を形づくるよう書きこまれている。そうした記憶表象のなかで、わけても印象に残るのは、吉野喜美子が、佐藤の妻きみ子（作品中での本名）の八島辰子に対してなした酷い仕打ちのことである。それも、田村が努力して思い出そうとしても、「……しかし何だったかな」という訳で、なかなか焦点を結ばない。「あのとき八島辰子は不幸だった。しかし何だったかな……」（四十七章）そのうち砂田が現われる気配がするが、田村は、「それにしても、さっき八島辰子の佐藤きみ子のことで思い出しかけたのは何だっただろう。彼女が呆然となって無言だったほどそれが彼女に不幸だったことはまちがいない。何だったろう。」それが咽喉もとまででてきたときにドアが開いて、イメージが具体的な焦点を結ばぬまま一瞬手まえでふっ飛んでしまった。」（四十八章）田村は砂田と、あれこれ話し込んでいる、その継ぎ目のところで、「佐藤きみ子に発せられた吉野喜美子の言葉」（四十八章）が思い出せそうで思い出せず、遂に思い出したところで、この章が終り、次の四十九章は、そのことから筆が起こされる。

それは一九四五年の秋から冬にかけての頃だった。佐藤惣蔵は病気を押して文学組織を再組織しようと奮闘していたが、妻のきみ子の辰子は、そんな佐藤を「甲斐甲斐しく世話」していた。そんな或る日、佐藤宅に、吉野喜美子、田村榊などが集って相談会をしていたときのことである。

《そこへきみ子が茶を持ってくるかした。ちょうどそのとき、佐藤がそこにいたか、便所にでも立ってそこにいなかったか確かでない。たしかいなかったのではなかったかとも田村は思う。

「ありがとう……」といって、間をおいてだったかもしれないが喜美子がきみ子に言いかけた。「そりゃあね、あなた、きみ子さん、あなたが小説を書かないことにしたってこと、ほんとに立派だと思うわ。なかなかできないことよ。でも今は佐藤さんのからだが大切だわね。それやアそうよ。文学ってのが全身的な仕事なんですもの……」

喜美子が何でそんなことを行きなり言いだしたのか田村にはわからなかった。それは田村を凍りつかせるようなものを持っていた。》（四十九章）

そういい放った喜美子は「親牛が仔牛を見るような、いとおしくてこらえ切れぬといった柔しい目付で見ているのが田村にわかる。」「喜美子の言葉は愛に充ちていた。しかし専制的だった。眼の前で無残なことが行なわれて、おれはそれをぼやあっとしてただ見すごしていた……」（同右）

作品の中のこととして、田村は現実には、砂田と対してあれこれ話しているのである。そこに最前から寄せて来ていながら、なかなか焦点を結ばずに田村をいらっかせていた、きみ子にたいする喜美子の残酷な仕打ちにかんする記憶表象が、具体像をともなって田村の認識のなかに突き上げて来たということなのである。そして、事柄をそのままやり過ごして来た田村自身の自責へと思考はめぐるのである。「観念的な二重化」作用の卓越した芸術的形象化といえるだろう。

それとともに、小説の中のこととしてではあるが、これは中野による宮本百合子論の一断片として読めなくもない。四十七章、四十八章と来て、四十九章になって、喜美子のきみ子に対する残酷な仕打ちがはっきりとした像を結ぶという描き方にも、作者中野がどれだけこのことに固執していたかが推察されるだろう。中野は小説の中でなければ、こういう問題を描くことはできなかったのではないか。寺田透は、小説中のこの場面にからめて、「純真で聡明で潑剌とした吉野喜美子の持つ残酷さが、それに対する田村の善意から出る註釈をともないながらも、もう一方の可愛らしさとともに、次々と定着されて行くのを見るのは、この小説の中でもかなり戦標的な眺めだが、これはそういう場面の一つである」（寺田「中野重治の文学」、『新日本文学』七九年十二月号）といっているが、私は伝説化された宮本百合子という一人の女流作家の人間総体にかかわる或る不気味さを感じない訳にはいかぬのである。そういう次第であるからこそ、中野は小説、つまりフィクションとしてしか、こういう問題をとりあげることができなかったのだと思われる。

中野は、この「観念的な二重化」作用の芸術的形象化という手法を、『甲乙丙丁』のなかで縦横に駆使した。そのことによって、単純なストーリーにもかかわらず、歴史的にみて複雑・多岐にわたるドラマを構築しえたのである。

Ⅱ 「あの頃は動物園の猛獣の声が聞えたな」
作品をなりたたせる歴史背景

1 街区の変貌——日本社会総体を象徴するもの

私は最前、『甲乙丙丁』の主題は、一九六四年春現在における日本共産党の変貌ということであるといった。しかも、作者中野重治は、日本資本主義の高度成長期から、六四年の東京オリンピックの直前に渉る日本社会総体の変貌を、とくに都市の街区の風景や音の変貌などに象徴させて描きあげ、そうした総体的変貌過程のなかに日本共産党の変貌過程を息づかせることで、個々の事件や人物をも活写しえたのであった。

江藤淳は、その『昭和の文人』のなかで『甲乙丙丁』にもふれ、彼が一九六四年八月アメリカ留学から帰った時（つまり東京オリンピックの直前）の印象をこう書き誌している。「僅か二年ほど日本を留守にしているあいだに、オリンピックの影響で東京の変貌ぶりは甚だしく、とまどうことのみ多すぎた。」と。そして、『甲乙丙丁』について、「この小説こそは、オリンピック前後から東京に拡がりはじめたあの不思議に空疎な時空間を把え得た、きわめて特異で独創的な作品であった」として、「例えば次の一節を見るがいい」といい、私がすぐ次に引用するところを、引用箇所に若干の異同はあるが、引用している。

作品の中で津田は、党中央委員会書記局からの呼び出しで、三月二三日朝、家を出、大分またされて漸く乗り込んだバスで渋谷方向に向いながら、道路改装工事による混雑と喧騒を窓外に見ている。

《「よろず鋸御目立」もついその近くの油揚屋も通過した。どしどし変っている表通りに、どうしてこんな店が残っているのか津田にはよくわからない。あの油揚屋の店先きで津田は立って見ていたことがある。それはおもしろかった。切った豆腐の列、油を煮立てた平釜、そこへ入れて揚げて、一枚ずつひつくり返して、頃合いを見はからつて大きな平笊《ひらざる》にあげ——ちゃんと油を受けるものが下に置いてある。——さましてから別の平笊に並べる。はじめの平笊までを髪の伸びた老人がやっている。さましたのを並べるのは孫娘のようなのがやっている。ほとんど一貫した手工業工程、あれが、こんな大きなコンクリートミキサーの動いている改装道路に、じかに面して商売して行けるのだろうか。鋸目立屋のほうはいっそうのことだった。そこへ、津田は自分のとこの鋸を目立てに出したいと思っている。そして前を通るたびに思い出しながら忘れている。目立ては油揚屋よりももっと年取った老人がやはり一人でやっている。そしてあの特有の、頭蓋に直角に揉みこむようなキリキリいう音が、歯を上にして固定させた鋸に鑢《やすり》をつかっている、眼境をずっこけさせた、その老人自身の耳にさえとどかぬのではないかと思われるほど、桁ちがいに大きな騒音が通りをいっぱいにして走っている。……半分ずつにしろ、ここまでまっ白く変ってしまったこの大通りで、目立屋仕事がオリンピックまで持つのかどうだろうか……

バスが、前へトラックやら乗用車やらをいっぱいに溜めて止《と》まった。じらせにじらせてきた横座立体交叉の工事場へさしかかったのだ。やはり左半分だけ出来た陸橋へかかって全縦列つっかえている。

……（中略）

バスはやっとのことで苫田の交叉点にかかっていた。そしてそこで、やっとかかったと思ったへんでまた溜まってしまった。そこを出さえすれば、そこはもう渋谷へも玉川へも道路がおっぴろがっている。それでも、ただ拡がった、拡がっているというだけで、舗装どころか、まだ取りこわしのままが大部分でガアガアやっている。工事を、急ぎに急いでいることはひと目にわかる。それだけに、乗用車、トラック、バスと溜まったのと、工事そのものの溜まったのとが重なってきてバス客を気ぶっせくする。何にしても、そこを出てしまえば道路が倍になる。そこへ出るまで、その手前こっちが元のままの狭さでひしめいている。どうしても、一切合財そこへ溜まってしまう。右手では地面を掘っている。掘りあげて大穴が出来ている。しかるべき建物が建つのだろう。それの地下二階とかいうのを掘っているのだろう。このへん左手に、雨宮（作品では共産党都会議員）の生活相談所の看板が出てるはずだったが今は見えない。この苫田交叉点の辻に、多摩川から来る線、渋谷へ行く線、成城町、馬事公苑の方からいま津田の乗ってきた線、甲州街道方面からはすかいに横切ってくる玉川電車線、それから小田急電車のある駅からくる何とかいう名のバス線の五本が集まっている。不整形の電車線とバス線とが一つ辻に集ってくるため、その中心点が、自然ある広さの辻広場になりそうなところをまるで広場にしていない。広さを取っていない。多摩川からくる道と渋谷方面へ行く道と――それはつまり一本につながっているのだが――その一本だけがオリンピック目あてにだだあっと拡げられて、しかしほかの四本分は元のままの狭さで残されている。この四本線を車という車が、拡げられた道路の直前のところでいやおうなしに堰《せ》きとめられ、また拡げられた本通りから、ほかの四本のどれかへ曲りこもうとするあらゆる車がその一歩手前でいやおうなしに堰きとめられる。事故の絶え間がない。だいいち、交叉点の青赤信号が、五本辻なため理解しにくい変り方で始終かわっている。

……（中略）……

一週間も乗らなければたちまち変ってしまう。空襲の時期とは全くちがった調子で街が強制的に立ちのかされ、後片づけができぬままで新工事が始められ、きのうまであった店が影もなくなるというのが日常化されている。》（十四章、カッコ内は引用者）

津田は「眼の人」として、まことによく見ている。

そして、こんな喧騒を伴なう街区の変貌が、津田の家のすぐ近くの映画撮影所あと地に急ピッチですすめられる「玉木娯楽スポーツセンター」の建設工事と重なって、家に居ても外に出ても、何ともまがまがしく寄せてくるのである。道路拡張工事のお陰で、まことに面妖な商売もはびこっている。津田は、作品中の現在時点から半年程前、或る「おでん屋の看板提灯」を見つけて入ったことがあるのを思いだす。たしかに眼の前におでん鍋台はあった。ところが、「それがおかしい。特有の匂、特有の湯気、特有の温熱感、それがない。乾いている」（十四章）のである。「『いらっしゃい……』といって出てきたおかみさんの態度も顔つきも怪しく津田に映る。」それは、とり壊しぎりぎりになって補償を余計にとるために急拠、営業中のようにして始められた「名ばかりのおでん屋」なのだった。「……何でもかでも現に営業中ということにしなければならぬというので、このかみさんが青山から通ってくることになった。売上げなんかはどっちでもいい。毎日でなくていい。一日おきにしろ、とにかく提灯に灯《ひ》を入れて商売をやっていさえすればいい。これなどはまだあくどくないほうで、取壊しのあったそのすぐ跡地へもって来て小屋がけをするものなんかもあるという」（十四章）、そういう一軒の「おでん屋」でそれはあった。

東京オリンピックで急ぎに急いですすめられる道路改装工事で「まっ白く変ってきてしまった大通り」の、いわば裏側を見せつけられるようで、それが読者に滑稽でもある不気味さを誘うのである。

津田が家族といっしょに、小説の中での現在地に移って来たのは、日本共産党の六全協があり、所感派と国際派に分れて分派闘争を繰りひろげていた状態に対して、ともかく統一の方向が見えて来た年、一九五五年の暮のことだった。つまり、小説『甲乙丙丁』では、主題が展開される歴史背景として、五五年から六四年春現在までの約十年間が作品のうえで総括され、それがさらに七〇年代の「日本列島改造計画」へとつながって行く予兆がすでに見えはじめているのである。つまり、日本社会の総体の変貌を象徴する東京の街区の変貌は、やがて日本列島全体に押し及ぼさるべき性質のものであることが、読者に伝わってくるのである。

では、右の五五年から六四年へ至る十年は、どのような内容をふくむか。敗戦による荒廃から朝鮮特需などを与件として、日本資本主義が戦前の生産水準を回復するのは、一九五三年から五五年にかけてといわれるが、しかし、そのときは労働力人口に占める自営業者と家族従業者の合計は、五五年にもなお五四%で、農業をふくむ在来産業の地位は依然高かった。人口の都市への集中と、重化学工業化は徐々に進行しはじめてはいたが、日本の経済と社会は、いったん、戦前に近い状態に立ち戻ったといえる。東京の下町などには、かつて戦前、作中人物の一人、北山睦子がどこかで書いていたような状態が再現されるところとなる。「そこいらは労働者住宅街だった。それらはすべて長屋形式になっていた。路地があって長屋が続く。夏場は簾《すだれ》が垂れる。手製の木箱栽培で朝顔が咲いたりする。どこにも縁台なぞがある。かならず七厘があり、うちわのあおぎ音がする。豆腐屋が彼ら特有の呼び声と喇叭《らっぱ》とでまわってくる。水道の共同栓がある。」（四十章）

ところが、五四年の金融引締めによる景気後退の後、五五年には経済成長が回復し、五六年――このフルシチョフによるスターリン批判の年――、日本には神武景気といわれるものが訪れた。そして途中の細かい経過は略すとして、安保闘争をきっかけに岸内閣が退陣し、池田勇人《はやと》がこれにとってかわると、〝経済の時代〟への転換が現出した。GNP成長率一一％程度の超高度成長の掛け声のもと、池田は所得倍増計画の看板をかかげ、これが日本人大衆には月給二倍論と読みかえられ、空前のブームとなった。実際、五九年～六一、二年の嵐のような成長は、大型の設備投資と公共企業が、太平洋岸各地でいっせいに展開された結果である。『甲乙丙丁』の中にもいわれているところだが、石炭が「斜陽産業」（九章）となり、中東の石油へのエネルギー源の転換は、大精油所を生みだし、それに附随する石油化学工場と、パイプでつながる化学製品の工場群をつくりだした。日本人大衆の間に、中流意識と重なる形で、殆ど自生的な価値ともいえるマイ・ホーム主義が一般化した。人口移動も激しく、たとえば若年労働者を失なった農村に、いわゆる過疎の問題を発生させるところとなる。六三年、兼業を主とする農家が、全農家数の四割を越え、農家人口・戸数の減少がつづき、中野が『甲乙丙丁』でもふれている「出稼ぎ」の問題が社会現象となった。「……出稼ぎ問題は統計資料社の報告にものっていた。耕転機の一般的普及、トラクターの部分的普及、サンチャン農業、次三男という段階から男総ざらえ式出稼ぎへの発展、そうして、百姓に嫁の来てがないということのほかに、亭主の行くえ不明、蒸発の問題がある、云々。」（二十四章）――こうしてこの十年間の日本社会総体の変貌は洵に著しい。（以上の論述について中村隆英『昭和史・Ⅱ』を参照した。）

一方、一九六三年には、上から指名された「遺族代表」が無理矢理答辞を読まされるという形で、「国民と戦没者を頭からなめてかかった」（九章）政府主催の全国戦没者追悼式が、はじめてやられた。そして、六四年十月十日から二四日まで、東京オリンピックが開催されることになって、『甲乙丙丁』の作品としての現在は、その年三月某日から五月初旬にかけてである。中村隆英は〝オリンピック波及効果の一つ〟として、こう言っている。「東京の高速道路が突貫工事で完成したのもこのときである。用地不足で道路や川や堀割の上に高速道路をのせるという珍案が実現し、お江戸日本橋は殺風景な道路の陰になり、築地川はほしあげられて道路に化けてしまった。幹線道路の拡幅が行なわれたのも、東京の中心部がコンクリートの塊に変貌しはじめたのもこのときからである。もっとも、この変容は、日本の陸上輸送体系が、旅客、貨物とともに鉄道から自動車へと変化することを意味していた。」（中村『昭和史・Ⅱ』）

作品の中でのこととして、津田が世田谷区世田谷に新居を構えた一九五五年は、日本社会の相貌が、いったんは戦前的な形に回帰し、そして、それからの十年程の間に、日本社会総体の変貌が帰結されるのであるが（それは更にも継続されることが予兆されるが）、津田は、この過程全体に実生活者としてつき合わされている。そして、六四年三月二三日、代々木の党本部への道すがらの情景については、先にかなり長い引用をもって示したとおりである。

漸く党本部に到着して、まず本部建物とその外貌に或る感概を致さない訳にいかなくされる。《たしかに変化はあった。割りにしげしげ出入りしていた「五〇年問題」まえにくらべて、街の様子がすっかりといっていいほど変ってしまっている。歩いている人の量も変ってしまった。共産党員そのもののなりも風体《ふうてい》も変ってしまっている。「だいいち、あんな自動車がなかったな。あんな自動車がなかった。あんなになかった……。」

そこだけ二十年まえとかわらぬ狭い玄関先にしかし、それに隣接して非常に大きな、大きくて立派な鉄筋コンクリート建てが出来ている。そっちのほうが、党の中心の建物となって活動している。——二十年前には見られなかった形の何台もの自動車が並んで止まっている。あるものはぴったり横づけにされている。二、三台は並行して斜《はす》かいに止まっている。みな大柄でぴかぴか光っている。中央委員会議長、書記長といったクラスの人の車、国会議員のあるものの車、訪問客の乗ってきた車、それがみなタキシーでないところが昔とかわっている。その最後の——それは、新しいほうの建物の前といっていいあたりに止まっている。》（十四章）

このような建物と周辺の外貌を視覚的に直観して、津田の脳裡には、つぎのようなことが想起されざるをえない。「あの古い便所も水洗式になったはずだ。あれでは笑ったことがある。なんでも、その中央委員会かで、外国をまわってきた書記長が諸外国兄弟党の事務活動の模様を報告したことがある。イタリヤの党なんかでは、党中央委員会の建物のなかに幹部たちの個室がある。彼らは会議以外はそこでそれぞれ自分で勉強する。日本の党はそこまでまだ行けない。そのため『近代化委員会』というのをつくろう。そういう話があって、その結果この水洗式ができることになった。そんな話を田村から聞いたことがあったが、云々。」（十四章）

日本共産党も日本社会総体の変貌から自由ではありえない。日本共産党の変貌過程は、作品中それじたいの論理をもって追跡されるのと併せて、日本社会総体の変貌の関数ともなっていると述べたゆえんである。

以上は津田の眼に映じた東京街区の変貌の一端であるが、ではもう一方の主人公田村には、それがどううつったか。すでに紹介した満田郁夫の論によれば、勿論相対的なこととしてではあるが、津田は「眼の人」であり、田村は「想の人」である。田村は病気がちで寝ていることもあり、過去のあれこれを想起し、その想起したところをつなげて考えることが多いのであるが、街区の変貌についても、今のことよりも、今のことにつながるものとしてのむかしに思いを致すのである。それが読者を或る感概に誘う。

作品世界では、二十六章から五十七章までが田村を主人公としているが、その二十六章はこう書き出されている。

《「それでも、まだしも助かるな……」

それは物音のことだった。昔はこうでなかった。真夜中、まだまだ暗い夜明け前、都会の音響というものが都会そのもののなかですべて消えて、どうかして、何かでおくれてあわてて車庫へ急ぐぐらしい終電車のおと、「火事は音羽なんちょうめえ……」とふれて行く柏子木の音、しらしら明けまえをやってくる牛乳屋と新聞くばりの足おと、ガラスびんの触れあう音と新聞、をぎいーっとしごく音、それがいっそう音響の消えた大都会を思わせた。それを感じることは、楽しさでさえあった。それが完全になくなった。そんなものはどこかへ行ってしまって、音・音――音響・音響いっぱいの騒音といっぱいの光り、明り、それも水銀燈、蛍光燈――その上それが縦横十文字についたり消えたりまわったりしている。音響も光も、すべて爆発的で、すべて刺すような性質のものに変ってしまった。騒音というのだけあって、騒光というのは言葉としてもないのだろうか。あのときの空襲で馴染《なじ》みにされてしまった警戒警報と空襲警報、あのまがまがしい引き裂くようなサイレンの調子が今では光の面も入れて日常のものになってしまった。どこかでそれが鳴っているのではない。都会いっぱいにそれが充満して鳴っている。そこに隙間がない。眼がさめるとそれがわあんと鳴っている。鏡のなかへ顔をつっこんだような具合いになる。

……（中略）……

「それでも、まだしも助かる……」

それでもやはり本郷は本郷だけのことはあった。》（傍点は引用者）

三十一章でも、田村は病床にあって相変らず回想をつづけている。そして突然のようにして、こんなことが想起されるのだ。

《「あの頃は動物園の猛獣の声が聞えたな……」

今までのことに無関係に、そんなことが田村の頭に重なって出てくる。あのころは、昔は、ライオンの吠え声が聞えてくることがあった。それは荒々しく、箒《ほうき》をぶち切ったような、あとさきなしの悲しさのようなものを持っていた。なんにしても自転車やオートバイの数がなかっただろう。》（傍点は引用者）

ここで「あのころは」「むかしは」といわれる、その「あのころ」、その「むかし」とは、いつのことだろうか。それは一九二六年から二七年にかけての中野の学生時代・新人会時代を素材にした『むらぎも』の「ころ」ということであろう。何しろ田村は、『甲乙丙丁』の中では、『むらぎも』の舞台となった「上野桜木町の合宿」「追分の合宿」から、それこそ「つい目と鼻のさきというあたり」に住居があることになっているのである。私は、中野が、津田と田村という二人の分身をつくり、共産党員ではあるが妻子もある実生活者、津田の住居を、実際五五年十二月以降のおのれの住居と同じところに設定し、実生活を剥落させられ、ただ党中央委員で作家としてのおのれの側面を抽出して来た田村を、この学生時代の「合宿」所の「つい目と鼻のさき」に住まわせることにしたのを、面白いことと思う。その田村が想起する「あのころ」を、『むらぎも』のころと重ねて了解するのは、それほど無理ではないであろう。

その『むらぎも』に、主人公の安吉が寝入ろうとして、こんな「呼び声」をうつろに聞く箇所が出てくる。

《「にいっ・ぽお・りい――成田せえん・常盤いきい・のりかえ……」ほんとの真夜中を思わせる、日暮里駅からの不思議なほど遠い呼び声の記憶が安吉の頭を通って行った。そのまま安吉は完全に寝入って行った。》（『むらぎも』六章）

『むらぎも』の安吉は、真夜中の音を本当に楽しんでいる。『甲乙丙丁』の田村は、「音響の消えた大都会」での「しらしら明けまえをやってくる牛乳屋と新聞くばりの足おと、ガラスびんの触れあう音と新聞をぎいーっとしごく音」などを「感じることは楽しさでさえあった」と、「あのころ」を回想している。たしかに昔は都会の音を楽しむといった風情があった。まったくの静謐《せいひつ》はむしろ不安を誘うものである。柳田国男は、その『明治大正史・世相篇』において、適度な音が、人間の生活に不可欠である由縁を述べて、こんな風に言っている。「古来詩人の言葉で天然の音楽などと、形容せられて居る物の音の中には、実は音楽では無くてそれより更に楽しいものがある。都市のざわめきは煩はしいもの、やうに思はれているが、曾《かつ》ては其間にも我々の耳を爽かにし季節の推移を会得せしめるものが幾つかあった。衢《ちまた》を馳せちがふ車の轟きや、機械の単調なる重苦しい響きまでも、人によっては尚壮快の感を以て、喜び聴かうとして居るのである。闇が我々を不安に誘ふ如く、静寂は常に何物かの音を恋しがらせる。殊に人間の新たに作り出したものは、たとへ染色のやうに計画のあるものでは無くとも、兎に角に相互ひの生活を語り合って居る。人は即座にそれが何であるかを解し、もし解し得なければ必ず

今の音は何かと尋ねる。即ち音は欠くべからざる社会知識であった。」(『定本柳田国男集』第二十四巻)

ここにいわれている「衢を馳せちがふ車の轟き」とは、長距離をつつ走るダンプカーでもなければ、暴走族のオートバイの轟音でもないであろう。人力車のからからいう「轟き」なのであろう。そして、田村の内面に、いまのこととの比較で想起されるのは、「それを感じること」が「楽しさでさえ」ある音響のことなのである。いまは、そういう情報が、「完全になくなった。……」作品世界をなりたたせる歴史的背景――この場合は都市の光景や「音景」についてであるが――についても、満田郁夫がいうように、「津田は主として現在を担い、田村は過去を担っている」(満田『中野重治論』)と、凡そのところでいえるであろう。

2 中ソ論争と日本共産党

私は「作品をなりたたせる歴史背景」の問題として前節では、日本社会総体の変貌を、東京の街区の変貌に象徴させて検討してきた。しかし、日本共産党の運動が、国際共産主義運動の一翼を――客観的にも主観的にも――担っていた限りにおいて、小説のなかでの現在――六四年春――、いわゆる中ソ論争に対してどうコミットしていたかも、もう一方の「歴史背景」として極めて重要な意味をもってくる。来ざるをえない。後にみる作中人物、沢崎中央委員の核戦争＝〝恐るるに足らず〟論の根拠なども、このことを措いて理解することなぞ凡そ不可能であろう。そして、そのような「背景」として、「ソ連の党と中国の党との論争はますます激しくなってきている」（二十章）局面において、「わが党の現実的指導面での露骨な反ソ政策」（同）を前提に、『甲乙丙丁』は小説として組み立てられているのである。

いくつかの例で、その外面的なあり方を見てみる。

六四年三月二一日、津田が一人家に蟄居して調べものをしているところへ、妻の京子、娘、お手伝いさんの女三人が、牡丹餅を買って帰ってくるところがあるが、そこに京子宛に電話がかかってくる（十章）。京子の電話の件は十一章にも引き継がれるが、そこでの話の内容は、党機関紙『赤旗』を印刷しているアカツキ印刷の輪転機、ガガーリン号の改名の件である。京子が受話器をおいてからの、津田と京子のやりとりの一部を抜粋すれば、こんな具合である。

《「それがどうしたんだ……」

「どうしたんじゃないわよ。ガガーリン（ソ連最初の宇宙飛行士の名前）は駄目だってんで、改名運動が起きたんだっていうのよ。つまりあれよ。モスクワ崇拝だとか修正主義的だとかいうらしいのよ……」

「だれがそんなことを言うんだ……」

「あたしが知るもんですか。ただね、上の方からそんなこと言いださぬうちに、下の方ってってもいちばん下じゃないわね、中っくらいのところがらそんなこと言いだすものがあるらしいのね。ちっ……」

　このごろの様子では、まるでありっこないことではないにしろ、そこまでは津田には考えられなかった。いろんな噂ばなしを、逆に火元のほうで、わざと流したりするんじゃないのか。それにしてもガガーリン号が修正主義的だなんてなんぼ何でも言いだすまい。》（十一章、カッコ内は引用者）

　つまり、党指導部の北京路線寄りへのシフトに即応して、党内で——しかも組織の中間層あたりから——ガガーリン号という名称の印刷機の改名運動が起っているということなのであるが、これは反ソ＝親中共的な党内の雰囲気をつたえる一挿話であるのと同時に、ここには大衆＝官僚主義の本質が洵によく現われているといっていい。この「中っくらいのところ」が、問わず語りの上の意向を先どりして代弁する——ここにこそ大衆＝官僚主義の本質が映現しているといっていい（この点については更にⅢの1で詳しく分析されるであろう）。

　小説のうえでの現在における「わが党の現実的指導面での露骨な反ソ政策」（二十章）を彷彿とさせるエピソードで、今度は田村の見聞に即して、もう一例だけあげておく。田村は五月初旬の某日、学生時代からの友人であり、いまは党幹部となっている砂田と会うべく代々木の党本部へ出向くのであるが、その田村が本部受付の控え室で、つぎのような事実に突き当らざるをえない。

《見なれたそこのテーブルのところへ田村は掛けた。テーブルの甲板《こうはん》が変っている。このごろ流行《はや》りのつるつるしたきれいなのになっている。

そこに『アカハタ』が置いてある。それから中国関係の画報類が置いてある。

ついこのあいだまで置いてあった——といっても一年くらいにもなるだろうか。——ソ連関係の新聞類は置いてない。きれいさっぱりとそれらは片《かけ》らもない。》(四十六章)

これが、よしんばフィクションだとしても、そうしたフィクションに対応する事実関係について中野は、六四年五月二一日の第八回中央委員会総会——作品『甲乙丙丁』で架設された現実的時間のちょっとあと——で、こう発言せざるをえなかった。「従来書記局は、中央委員としての私に『今日のソ連邦』を送ってきた。これを、今年一月一日号までは送ってきたが、それ以後は無断で送ってこなくなった。そこで安斎(庫治)に問い合わせると、あれは不埒なものである、われわれに不当な干渉を加えている、それだから送らぬのだという。それならそれで、なぜ無通告で止めるのか。またいったい、不埒だ、不当干渉だというその現物をかくしておいて、不埒だ、反中国宣伝だといって、これに従えというのはどうして言えることか。どうして、党の中央委員に、これをかくさなければならぬのか。ソ・中論争、国際論争の問題に関して、日本として判断をくだすために必要な資料をかくしておいて、ある人びとの判断にそのまま従えといっても、それは通らぬのである。」(全集⑮、一四五ページ、カッコ内と傍点は引用者)——「どうして、党の中央委員に、これをかくさなければならぬのか」ということは、どうして党員にこれをかくさなければならぬのか、ということに、そのまま通じるところであろう。

以上、「わが党の現実的指導面での露骨な反ソ政策」（二十章）を象徴する現象――津田や田村が見聞せざるをえなくされた現象を、二、三あげておいた。そこで、ここでは作品『甲乙丙丁』を、いったん離れて、中ソ論争といわれた国際共産主義運動内部の論争の経緯と、日本共産党のそれに対応するコミットの仕方――とくに六三年、六四年段階におけるそれ――について、まずは概観しておかなければならない。

一九五六年二月のソ連共産党第二〇回大会は、フルシチョフによるスターリン暴露の「秘密報告」がなされた大会として今日でも記憶に新しいが、同時に、平和と戦争、革命（社会主義への移行）など、共産主義者の世界革命戦略全般に渉ってまで新たな問題提起がなされた大会でもあった。いわゆる中ソ対立は直接には、その直後に溯源するといっていい。そして、一九六二年のキューバ危機と、その処理をめぐって対立はいっそうエスカレートしていった。しかも、はじめは、ソ共が、中共路線にたつアルバニアの指導部を批判し、中共が凡そフルシチョフ路線に立つといっていいイタリア共産党を批判していたのが（一九六二年段階）、『甲乙丙丁』の現在時点の前年一九六三年に至ると、中ソ双方が、直接相手方を批判する論評を公表して、対立がむきだしの形をとって現われるに至る（『甲乙丙丁』五十二章にこれに関する記述が見える）。

勿論ソ共二〇回大会以後も、国際共産主義運動の総路線について、対立を調停しつつ、統一的見地が模索されたことはあった。五七年十一月のモスクワ会議、六〇年十一月の世界各国の共産党・労働者党がモスクワに会して開かれた、いわゆる八一カ国の党の会議（モスクワ声明が採択された）など、それである。しかし、六一年十月、ソ連共産党第二二回大会が、新綱領を採択、あわせてアルバニア批判に踏み切り、さらに六二年のキューバ危機をめぐる対立の顕在化以後、中ソ双方の関係修復は、当面のこととして、殆ど不可能となっていたといっていい。日本共産党も、この国際論争の進展から自由ではありえず、一九六一年の第八回大会の直後あたりから反ソ・親中共的行動が目だつようになっていた。つまり『甲乙丙丁』の作品としての現在時点は、まさにそのような歴史的背景を背負わされていたということなのである。そこでここでは、以上の経過について、その特徴的な事柄のみをとり出して、年表的な整理を試みておきたい（六一年から六四年まで）。

＊

○一九六一年十月一八日　南ベトナム、ゴージン・ジェム非常事態宣言。テーラー訪問。
十月、ソ共第二二回大会、ソ共新綱領採択さる。併せてこの大会の一般報告で、フルシチョフは中共よりに立つアルバニアを公然と非難。
十一月二五日　ソ連政府、アルバニアと国交断絶。
○一九六二年二月二二日　ソ共中央委員会、中共中央に公開論争の停止を提案。

二月一六日〜三月三日　南ベトナム民族解放戦線第一回大会、新綱領を採択。
四月七日　中共中央委、世界党会議開催と相互非難停止を提案。
五月三日　ソ共中央委、会議開催に同意。
七月一〇日　中印国境紛争はじまる。
十月　きわだったキューバ危機、米ソのむきだしの対立、その処理をめぐって中ソ対立激化。
（前項と本項、『甲乙丙丁』四十一章冒頭に記述あり）。
十二月二日　イタリア共産党書記長トリアッティ、党大会で中共を批判。
十二月三一日　『人民日報』社説「トリアッティ同志とわれわれの違い」を掲載。
○一九六三年二月一三日〜一五日　日共五中総、ソ共的立場に立った「全世界の共産党・労働者党は固く団結しよう」を決議。
二月二〇日　『人民日報』中ソ対立をめぐるソ連・各国共産党の論文・演説の掲載を開始。
これより公開論争激化。
六月一四日　中共中央委、ソ共中央委に、「国際共産主義運動の総路線についての提案」（対立点二五項目）。
七月五日〜二〇日　モスクワで中ソ会談。その最中の七月一四日、ソ共中央委「党各組織および全共産党員にたいする公開状」を発表。モスクワ会議もの別れ。
七月一五日　米英ソ三国は部分核停条約に調印。

七月三一日　中国側はすでにその直後から反対宣伝を開始していたが、七月二九日のド・ゴール・フランス大統領の不参加表明のあとをうけて、この日あらためて部分核停条約反対を表明。核兵器の全面廃棄のための世界首脳会議の開催を提唱。

九月六日『人民日報』『紅旗』「ソ連共産党指導部とわれわれとの意見の相違の由来と発展」を発表（ソ共の「七・一四公開状」への第一批判。この年六回つづけて発表）。

九月二一日　ソ連政府は、中国の「大躍進」政策を批判。

九月二三日　宮本顕治　ＮＨＫのテレビ放送で「中ソ論争の新段階」と題し、実質は反ソ・親中共路線の「自主独立」を打ち出す。（『甲乙丙丁』の最後、田村の病床での独白「吉野が、大会決定と中央委員会決定を足蹴にして、中央委員会に一言《いちごん》はからないで、党外の、半政府機関としてのＮＨＫで、いきなり『自主独立』を放言した。去年秋だ」に対応する関係事実）。

十月一八日　日共七中総。五中総決議を修正し右の「自主独立」路線（実質的な中共路線）を秘密決定として採択。

十一月一日　南ベトナムでクーデター。二日、ゴ・ジン・ジェム兄弟暗殺。

○一九六四年一月二一日『人民日報』社説「米帝国主義に反対する全世界すべての勢力は団結しよう」を掲載（米ソ対立の狭間にある第三世界人民の闘争のみが、世界革命の原動力たりうるという中間地帯論を展開）。

一月三一日　南ベトナム第二次クーデター。

二月四日　『人民日報』『紅旗』編集部論説「ソ連共産党指導部は現代の最大の分裂主義者である」を発表。
二月一五日　宮本は病気療養のため中国へ。
二月二六日　袴田代表団訪ソに出発。
三月一〇日　『アカハタ』評論員論文「ケネディとアメリカ帝国主義」（中共路線、すなわち前記中間地帯論にもとづく）**を発表**（『甲乙丙丁』第十三章に登場）。
四月八日　四・一七に予定されたゼネストに対し、日本共産党名儀でその取り止めを訴えた四・八アピール出る。
〈『甲乙丙丁』が対象とした歴史的事実は以上までであるが、中野の執筆動機、執筆開始時期の問題とからむ意味で、一九六四年いっぱいをもつづけて年表的に整理しておく。〉
五月一五日　衆議院への部分核停条約批准案に、志賀義雄、党議に反し賛成投票。
五月一八日　宮本書記長、急拠中国より帰国。
五月二一日　日共八中総。多数決で志賀義雄、鈴木市蔵を除名（なおこのとき鈴木は、参議院で部分核停賛成の投票をまだしていなかった）。
六月一五日　ソ共中央委。中共中央委に、一一六ヵ国党代表による世界党会議の招集を提案。七月三〇日にも提案。これに対して中共中央、八月三〇日準備会議は分裂を招く、と回答。
七月一三～一五日　日共九中総。四・一七スト反対行動の自己批判。

八月二日　トンキン湾事件。
八月三日　『人民日報』社説「幾百千万のプロレタリア革命の継承者を養成しよう」を発表。
八月一六日　南ベトナム。グエン・カーン、大統領に就任。反対デモおこる。
八月二三日～二七日　日共十中総。神山茂夫・中野重治への組織処分。
十月一五日　フルシチョフ解任。
十月一六日　中国、最初の核実験に成功。
十一月二四～三〇日　日共第九回大会。反ソ・親中共路線の公認。志賀、鈴木、神山、中野らの除名を確認。
〈十一月二七日　中野、『甲乙丙丁』の連載第一回分を書き上げる。〉

＊

以上の年表的整理だけでも、現日共指導部が、党第七回大会（一九五八）以後、反ソ・反中国に立つ「自主独立」の立場をとって来たというのが、全く歴史的事実に反しているのが明かだろう（たとえば『日本共産党の七十年』など）。一枚看板のようにかかげられる「自主独立」路線は、その内容に歴史的変遷があったのである。直接本論に関係するところではないが、歴史的公平のためにいっておけば、日共指導部が中共一辺倒の立場を軌道修正するのは、一九六六年初頭からであった。二月七日に、宮本代表団が、ベトナム、朝鮮民主主義人民共和国、中国訪問へと立ったのであったが、日中両党の共同声明は破棄され、発表されなかったなどが、一つのメルクマールとなるであろう。

論点を戻す。中ソ論争の対立点は、といえば、それこそ現代における核世界戦の評価、平和と戦争、平和共存と革命（社会主義への移行の形態）のかかわり、スターリン評価の問題など、洵に多岐にわたっていたが、理論的対立の根幹は、「現代」における世界政治構造をどう認識するかということと、そこから必然的に導き出されてくる国際共産主義運動の世界革命戦略の問題に収斂されていたといっていい。

はじめ、ソ共二〇回大会でフルシチョフにより提起され、モスクワ宣言（一九五七）、モスクワ声明（六〇年、八一ヵ国共産党声明ともいわれた）で定式化され、さらにソ共二二回大会（六一）のソ共新綱領の中にもとり入れられた国際共産主義運動の総路線の立場は、大体つぎのように概括されるものであった。いまや社会主義と資本主義の両体制間の対立の中にあって、ソ連を中心とする社会主義世界体制の力が帝国主義に優位して来たため、帝国主義も「平和共存」を受け入れざるをえなくなったから、この「平和共存」を通じて「平和的経済競争」をたたかいぬくことで、社会主義の側は「実例の力」をもって資本主義を圧服して行くことが出来る。そして、両体制の平和な共存を与件として、なお資本主義のもとにあるそれぞれの国の労働者人民は、革命の平和的発展（議会利用の可能性）をもふくむ、革命の多様かつ最適の形態を見出すことで社会主義への移行もかちえられるであろう。それは旧来の革命のように戦争というカタストロフに随伴されることなくかちとることができると、凡そこんなところであった。

これにたいして、中間地帯論なるカテゴリーに要約された中共独自の世界戦略論は、だいたい次のようなものであった。社会主義陣営とアメリカの間には、広大な「中間地帯」が横たわっており、アメリカは直接社会主義国を侵略する力量のもちあわせがないので、まずこの中間地帯を掠奪し、これをおのれに従属させ、しかる後に社会主義諸国に鋒先を向けようとしている。その「中間地帯」の典型は、アジア、アフリカ、ラテンアメリカなどであり、今日、ここでこそ武装闘争をふくむ革命闘争のあらしがまきおこされているが、世界プロレタリア革命の帰趨も、ここでの解放闘争・革命運動の成否にかかっているというのである（もっとも「中間地帯論」は、その後、いくらかの内容的変遷を閲するところとなるのであるが）。

今日、社会主義世界体制は崩壊し、世界規模での東西冷戦体制は終焉した。したがって、ソ共的意味での世界革命戦略が破綻したのはいうまでもない。また中国では文化大革命の収拾過程で、鄧小平型の開発＝独裁が進行させられている。いうところの「社会主義市場経済」とは一党専制のもとにおける限定的な資本主義化ということ以外でない。したがって、中共的な意味での世界革命戦略も破綻したと認めざるをえない。とすれば、中ソ論争などというのは一時期の白昼夢として歴史の屑籠に投げ捨てらるべきものなのか。或る意味では——世界革命戦略が、ともども破綻したという意味では——そうもいえよう。しかし、存在したものは合理的であるといわれる以上、真摯な歴史分析の対象、とくに思想史的な分析対象とされなければならない。とくに『甲乙丙丁』の「歴史的背景」をさぐるうえでは然りである。それればかりではない。中ソ間で、とくに厳しく対立せざるをえなかった熱核世界戦の評価については、今日なお実践的意味が認められる。それが当時の日共指導者によってどう扱われたか。中ソ論争の論点の中で、中野がもっとも執着したのも、まさにここであった。では、この論点が、『甲乙丙丁』のなかにどう形象化されているか。再び作品の具体にそくした分析をすすめる。

本論第一章の1で『甲乙丙丁』のストーリーを要約しておいたのであるが、六四年四月七日、津田は細君の留守に出かけて田村宅に向おうとする。ただ、「京子の留守に出かけるのが、いるうちに出かけるのよりも気が軽いというのが業腹《ごうはら》になる。」(二十章) バス停留所へ出て、あれこれ考えているところへ、若い娘が歩いて来て片足をコンクリート板にかけて立つのであるが、「その片足が美しい。……突っ立っているほうのも美しい。つまり両あしが美しい。」(同)その美しい足を見て、その直観をきっかけに、ロシヤ人夫妻が教えていた「東京バレー教室」のこと、その廃止のことどもが想起されてくる。そして、その想起作用のなかで、反ソ実行のかずかず、「党中央の現実指導面での露骨な反ソ実行」(二十章) のあれこれが、さらにも想起されてくる。かくて津田の回想は、沢崎中央委員の党外の雑誌のうえで放言された原爆戦争論のことに行きつく。

《一つは雑誌『時代』での沢崎中央委員の原爆戦争論のことだった。座談会の記録だから一字一句に文句をつけることはできない。それにしてもそれはひどすぎた。……

……沢崎がしきりに「善意」、「善意の人」、「善意の人びと」ということを、共産党員は善意の人間でないかのように、また善意の人でない共産党員よりも、「善意の人びと」が一段低いもののように言っていたのも津田の頭に残っている。しかしいまも思い出すとなるとむらむらっとなってくるのは、核戦争の話のくだりだった。言葉そのものも少しは覚えている。つまるところそれはこういう意味のことだった。「いくら核戦争がはじまったからといって、一部の人がさわぎ立ててるような人類の絶滅なんということは考えられぬことだ。私たちは、そんなことはありえぬと思っている。なるほど、いったん核戦争ともなれば、一、二の少数民族が、絶滅するということはあるかも知れぬ。しかしそれにしても、それは極めて稀れなことで、……」

　これだけで完結するものとしてそれが発言されたのではなかった。沢崎発言をそうと決めてしまおうとは津田は思わない。ただ津田は、こういう発想が仮りに生じたことをひどく不安に思う。共産主義思想、共産党、共産党員というものを全く別のものとして侮辱してしまったというふうに感じて、しかしそこが、自分にもはっきりいえない。あまりにちがいすぎるため、かえって説明しにくい。いったい沢崎の野郎は、一、二の少数民族、絶滅させられるかも知れぬ当のその「少数民族」を自分のこととして考えなかったのだろうか。日本民族は少数民族にあらずということで、当の民族の身になって考えることを空想の上でさえしないで通って行けたのだろうか。人間としてできることだろうか。それが、世界でただ一つの原爆を受けた国の国民の、たった一人でもの口から出る言葉だろうか。まして共産党中央委員の口から……》

（二十章、傍点は引用者）

つづけて中野はこうも書いている。「しかしそれは畜生のような考え方だった……そういえば、たしか沢崎はヒューマニズムということも軽蔑して扱っていた。コミュニズムというものをヒューマニズムとは全く別のものとして、そしてヒューマニズムのほうは『善意』、『善意の人びと』並みに扱っていたのだったかも知れない。」

右傍点を附した箇所の如き傍若無人の発言を沢崎中央委員が言い放ったというのである。しかも中野は、この条りにからめて彼にしては珍しく、「沢崎の野郎」「畜生のような考え方」などという、それ自体としては非文学的かつ下等な表現を敢て用いて、しかもそれを文学的フィクションの中に見事に止揚して書いている。中野の激情のようなものが感得されないだろうか。

（中野は小説「プロクラスティネーション」でも、このことにふれている）。

中野は、沢崎なる中央委員をしつらえ、右のように小説の中に書き込んだ。しかし、こうしたフィクションを成立させる土台となる歴史事実は明かに存在した。

第八回原水爆禁止世界大会（一九六二）の直後、六二年十月号の『世界』（作品の中では、これが『時代』となっていた）誌上で日共中央委員・統一戦線部長の内野竹千代は、日高六郎からのインタヴューに答えて、こういっているのだ。

〈いくら核戦争がはじまったからといって全人類が絶滅してしまうことは考えられないことで、私どもはそういうことはありえないと思います。少数のある民族が絶滅するというようなことはあるかもしれません。しかしながら、それもきわめてまれで、やっぱり戦争は他の手段による政治の継続ですから、これにもやはり限界があって、これでは負けだとか、これで勝ったとかいうことになります。決して人類が絶滅するまでたたかうことはありません。〉

先の二十章からの引用中の沢崎の言葉と、右内野竹千代の発言とを引き比べてみていただきたい。文体はちがっていても内容はそっくり同じなのだ。これが六二年段階において、日共中央委員・統一戦線部長の口をついて出て来ていたということなのである。しかも、この発言の背後には、さらに国際的な見本があった。それこそ中ソ論争の渦中で中共側のイデオローグから発せられたところのもので、いまその二、三を例示すれば――、

〈核兵器戦争は全人類を徹底的に壊滅させることは決してできないし、全世界を廃墟にかえてしまうことも決してできない。もし帝国主義が大胆にも第三次世界大戦をおこす冒険をあえてするならば、資本主義制度全体を地球上から消滅させ、世界の恒久平和が獲得できる可能性がある。〉（胡錫奎「レーニンの平和と戦争についての理解」『人民日報』六〇年四月二二日）

〈（第三次世界大戦に）勝利した人民は、帝国主義の死滅した廃墟の上に、きわめて急速な足どりで資本主義制度より幾百幾千倍も高い文明を創造し、自己の真に幸せな将来を創造するであろう。〉（「レーニン主義万歳」『紅旗』六〇年四月一六日、カッコ内は引用者）

先の内野＝沢崎発言の直後のものとして、略年譜でも示した中共側の文献「トリアッティ同志とわれわれの違い」でも、こう言われていた。

〈もし帝国主義が冒険をあえてし、新しい世界戦争を人類のうえにおしつけようとするなら戦争の結果は帝国主義の滅亡と社会主義の勝利におわるだろう。〉（『人民日報』六二年十二月三一日）

これらは中ソ論争の経過のなかからあらわれてきた、核世界戦にかんする限りでの中共側見解の典型といえる。勿論、中共側も、「中国共産党は、核兵器は空前の破壊力をもっており、もし核戦争が勃発すれば人類は空前の災難に見舞われると考えている」（同前）といって、核兵器の「空前の破壊力」を認めてはいた。しかし、全体の文脈では、核兵器恐るるに足らず、熱核世界戦も人類に基本的損傷を与えるにはいたらず、その結果死滅するのは資本主義のみであるから、その廃墟のうえに急速に社会主義を建設することができるといった主張が主調音になっていたといわざるをえない。ここでは核兵器の開発にもとづく現代戦の特殊な性格評価の問題——人類絶滅戦を前提とすれば、正義の戦争・不正義の戦争の区別といった、レーニン的意味での戦争の性格評価が消滅させられてしまったという現代戦の特質評価——が完全に欠落しているといっていい。ここでは、熱核世界戦＝恐るるに足らず論の建前の蔭に、人類の命運そのものが、たとえ言論のうえでのことにせよ、賭けられるという、甚だ無責任なニヒリズムの理論化が図られているのである。そして、内野＝沢崎発言など、この理論のポンチ絵にすぎない。

右のごとき見解を、たとえば一九五七年十一月、モスクワに会した世界六四ヵ国の共産党労働者党の共同声明「平和のよびかけ」と比べてみるといい。この「平和のよびかけ」では、世界中の共産主義者の政党が、ほかのことには一切ふれずに、熱核世界戦の危険が眺望されるなか、ただ平和のためだけに世界的な「よびかけ」に署名したのであり、それは国際共産主義運動史上まことに画期的な出来事であった。いわく――、
〈つぎの（世界）戦争は、各国の人民が万一にもこれを許すならば、これまで人類が体験したどんな破壊よりもおそろしいものとなるでしょう。このことは、学者のような知識をもたなくとも、また詩人のような想像力をもたなくともいえるのです。〉（カッコ内は引用者）
〈つぎの戦争では、人間が安心してかくれる場所はないでしょう。原水爆とロケットを使う戦争のほのおはすべての国の人民をつつみ、人類の子々孫々にいいしれない不幸をもたらすでしょう。〉

解説は不要であろう。ただ読者の皆さんが、この立場と、先にみた中共の立場の間に、目くるめく逕庭を感得して下さればいい。ここで『甲乙丙丁』に戻れば、このような国際共産主義運動の総路線から離れた、中共路線と、それを光背に背負った日本共産党指導部のイデオローグの当時の発言が、無責任＝楽天主義とニヒリズムのアマルガムでしかなく、それの犯罪的役割――それは、いまに自己批判されるところとなっていないが――を、小説作品のなかに形象化していることが明かになれば足りる。

中野は作品『甲乙丙丁』で、この沢崎発言に徹底的にこだわり、小説の筋立てのなかでそれ

を、右にみた二十章とは別に、二十五章、三十二章、三十六章、三十八章、四十章、五十七章と、七回も繰り返し、素材として登場させているのである。そして、右にみた「平和のよびかけ」からの「変貌」を芸術作品のうえで暴露しているのである。

　この沢崎中央委員の発言は、核戦争＝恐るるに足らず論のヴァリアントとして、ソ連が強いかアメリカが強いか、戦争はやってみなければわからないなどという、中央委員会総会での無責任な放言としても現われてくる。田村は病気がちで一日家で寝ているが（二十六〜四十章）、夢にうなされておとくさんにおこされ、一九三八年一月、樺太でソ連領へ越境した比屋根幸吉（杉本良吉）を無名戦士の墓に合葬する件につき津田京子からの速達をうけとり（三十二章）、目ざめてまた、あれこれのことを想起し、「この前の中央委員会」での沢崎発言が、わけてもそのなかの一つとしてでてくる。

《「しかし批准問題はどうなるのかな。緊急中央委員会はいつ開かれるのかな。早くやらぬと間に合わぬぞ……」

　この前の中央委員会総会で「部分核停」（前記、略年譜参照）の問題は大多数の反対を受けていた。……

「決して賛成しない。絶対に賛成することはできない……」

　古くからの中央委員が、ソ連が強いかアメリカが強いか、戦争はやってみなければわからぬのだから、といったことまで口走ることになって絶対多数の意見はすべて明かだった。

田村は発言を求めて（「部分核停」への）賛成の意見をのべ、また反対演説にたいする反対意見をのべた。何の用意もなかったため、田村の陳述は自分でもわかってたどたどしかった。持ち時間はすぐ切れた。田村は議長にもう少し時間をくれるよう頼んで、思いがけぬ大様《おおよう》さで議長がそれを許したとき事は決っているのだなと気づいてくるようだった。「時間はやるぞ。いくらでもしゃべれ。おまえ一人っきりでしまいなんだ。数は全部読んであるんだからな……」》（三十二章、傍点とカッコ内は引用者）

田村は比屋根幸吉のことにからめた津田京子からの手紙の中で、京子のような人でさえ「例の沢崎さん」と「例の」をつけて書いて来ているのに気づいて、再び沢崎発言が想起され、併せて吉野書記長一派が、そういう連中を使って中央委員会の絶対多数を制していることに思いいたる。

《京子でさえ、「例の沢崎さん」と「例の」をつけて書いてきているあの沢崎の戦争論。アメリカとソ連とはどっちが強いかわからない、どっちが強いか戦争はやってみなければわからないと中央委員会総会で主張したという話。党外の普通の雑誌で、平和問題、核兵器関係の座談会に党代表の形で出て、中国の核兵器弁護論から口をすべらして——口をすべらしたのか、ほんとうにそう思っているのか曖昧な点があったが——よしんば全面核戦争になったとて、人類がいっきに絶滅するということはありえない、絶滅するのは二、三の「少数民族」だけでと、二、三の「少数民族」の身になって考えることの気ぶりもない獣的精神を露骨に出してしまった話。そんな話がひろがっていて「例の」だったろうが、そんなことがどこまで新規の経歴報告書に出てくるのだろうか。そしてそういう連中を、吉野たちが、中央委員会の絶対多数、中央委員候補の絶対多数として現に使っている。そういうピラミッドが現実に出来あがってしまって動いている。》(三十八章)

右二つの引用には、すでに吉野書記長一派による党内操作の問題も併せて出て来ていて、これについては本論Ⅲ章でいくらか詳しくみなければならないのであるが、しかし、沢崎の核世界戦=恐るるに足らず論と、そこから出てくるソ連とアメリカのどっちが強いかは実際戦争をやってみなければわからないといった暴論の意味については一言しておかねばならない。由来、かつて米ソ二超大国を中心とする二つの体制の対立を前提に冷戦(別言すれば両体制の「平和的共存」)が継続させられてきた訳であるが、それは熱核兵器を頂点とした軍事的均衡による世界的・相互危機管理体制でもあった。そうしたなか米ソ戦の可能性を前提に論をたて、どっちが強いかは戦争をやってみなければわからないなどと放言するのは——しかも中央委総会で反対意見者をねじ伏せるための言論としてこれが出てくるのは、コミュニストとしての矜持、否、民主主義者としての矜持を放擲したものといわざるをえない。ただ中野はこれをフィクションとして書いている。しかし、文学的フィクションは、虚偽とはちがう。この場合も、フィクションには一定の事実関係が対応している。

田村は右のことを六四年四月某日時点から回想しているのだ。とすれば、沢崎が暴論をふりまいたという「この前の中央委員会総会」とは、六三年十月一五日から一八日にかけての第七回中央委員会総会以外には考えられない。この中委総については、神山茂夫が「第七回中央委員会総会議事メモ」を残していて、これが印刷もされて、今日では誰でも参照することができる訳であるが、十月一八日のくだりに、内野竹千代の発言としてこう認められる。「神山のいうソ連側の『軍事的優位』は、だれにもわからぬ。戦争をやってみねばわからぬ。独ソ戦争の時でも、あんなことになったではないか。云々。」（神山茂夫編著『日本共産党戦後重要資料集・第三巻』、五三九頁）――勿論これはメモでしかない。したがって発言の要旨のみが記しとどめられているものと認めない訳にはいかない。とはいえ、中野がフィクションとして創造したところに対応する事実関係の要点については凡そ人を納得させるものがあるであろう。いうまでなく中野も、この中委総には出席していた。

かくして作品『甲乙丙丁』の歴史的背景をなすものとして、日本共産党指導部の六三、四年段階における反ソ・親中共的立場の顕在化については明かであろう。同時に、「そういう連中（沢崎のような）を、吉野たちが、中央委員会の絶対多数、中央委員候補の絶対多数として現に使っている。そういうピラミッドが現実に出来あがってしまって動いている。」（三十八章、再引）

ところで、これまでの論述は『甲乙丙丁』論のための序章といったところである。そこで以下の各章節では、日本共産党の「変貌」を、組織と人間の観点から作品の具体にそくして見て行くこととなる。

III 「田村さんにとって不利じゃないかって……」

日本共産党における個的＝人間性の剝落

1 党員と組織の人間的画一化

私は本論Ⅱ章の一で、六四年三月二三日、書記局から呼び出しをうけた津田が、東京オリンピック直前の工事中の猥雑な街区を抜けて、漸く党本部建物の前にたどりついたときの印象から次の条りを引用しておいた。「たしかに変化はあった。割りにしげしげ出入りしていた『五〇年問題』まえにくらべて、街の様子がすっかりといっていいほど変ってしまっている。歩いている人の量も変ってしまった。共産党員そのもののなりも風体《ふうてい》も変ってしまっている。」（十四章）

こうして津田は党本部建物に入り、すぐ右手の受付に書記局からの呼び出し状を示した。「相かわらず見知らぬ青年がそこに掛けている。見知らぬ若い女がそこに掛けている。電話がいくつも並んでいる。青年はひどく無愛想な態度で津田の紙切れを受けとってインタフォーンにかかった。ひどく無愛想な調子、しかし少しも無礼ではない。非礼ではない。」（十五章）

受付待合室でさんざん待たされた揚句、津田は問題の面談場所に案内された。「わたしが書記局としてお話をお聞きする」と称する青年が入ってきて津田に対する。

《「書記局の人は誰か見えるんですか……」と津田はきいた。……

「いいえ、わたしが書記局としてお話をお聞きするんです。書記局メンバーが当然出なければならないんですが、なにしろ忙しくしているものですから。……」

「ええ結構です。」と津田はいった、「ところで何でしょう、この『細胞生活』うんぬんというのは……（書記局からの津田への呼出し状では『細胞生活状況調査』となっていた）」

「それなんですよ。」と第一の男は答えた。（同道した）第二の男はひと言もはさまない。「すぐにも御連絡しなければならなかったんですが、どうにも都合がっかなくて失礼しちまいました。実は、その方のこと（細胞生活状況調査）は、わたしの所管事項にはないことなんですよ。当然それは書記局メンバーでなければならないんです。だもんですから、今日は出版労連のことだけお聞きしたいんですよ。それでいいでしょうか……」

「いいですよ……」と答えながら、「いやに言葉がていねいなんだな……」と津田は感じた。いいことにはちがいない。しかし「所管事項」なんというのか。》（十五章、傍点とカッコ内は引用者）

「わたしが書記局としてお話をお聞ききる」と称する青年との面談を終えて津田は党本部を出ようとする。そのときも、こんな感慨が寄せてくるのだった。
《津田は元の玄関へ行って青札を返した。やはり青年がいて受けとったがさつきのとは別の青年だった。この青年も敏捷で礼儀正しかった。その、一人の青年が敏捷で礼儀正しくもあることが津田にひっかかる。それはほんの少しのことで、ひっかからぬと思ってしまえばそれまでのことなのかもしれない。そうやって処置するのが通常で正しいのかとも思う。それでもひっかかる。……》（十六章、傍点引用者）
そして津田は帰途、とある盆栽屋に、何ということなしに切れこんで、松、杉、檜、楓、欅その他の鉢を眺めながら、なお独白せざるをえない。「ほんとにあの青年たちは身のこなしがスマートだった。ぎこちなさということが微塵なかった。そして完全に事務的だった。最後にあの紙切れを持ってきて耳打ちして行った青年なんぞ、どうだろう、あれ。しかし、あれ、純粋事務員風じゃないかな。ほんとにあれで、青年らしいとこ、青年客気《かっき》といったことがどっかにあるんだろうか。すっかり滅入っちまったり、そうかと思えば土佐犬のように猛り立ってしまったりといったことが一ぺんでもあるんだろうか。あったんだろうか。しゃべり方ひとつにしても、中程度の水平イントネーション、高低《たかひく》なしで、コントロールされたような声で、声でしゃべるのでなくて印刷面でしゃべっているといった調子だった。よくあれで身が持つな……」（十六章、傍点は引用者）「所管事項」「敏捷で礼儀正しくもあること」「身のこなしがスマート」「完全に事務的」「純粋事務員風」「青年客気といったことがどっかにあるんだろうか」「コントロールされたような声」——これらは津田が党本部の若手勤務員（勿論、党員である）と接して、そこから受け止めたいくつかの印象である。つまり「共産党員そのもののなりも風体も変ってしまっている」と外面的に受け止めた、それら本部勤務員の性格的特徴にたいする「感覚的な形象」（菊池章一）化といっていいであろう。何か大商杜に勤めて、仕事を恙《つつが》無くこなしている若手商社員と、そのイメージにダブってくるものがある。すべての党員がこうだというのではない。しかし、中野の人間にたいする人間的想像力を駆使しての、新しく形づくられて来た、或る種の党員像が、ここに彫琢されているといえる。それは大衆運動の渦中にとびこんでいって、どんな状況の変更にも対応して、いくらか不器用ではあれ、そこで活動して行くといったような党員像では最早ない。革命組織が、「大衆社会」的問題状況のもとで、大衆化＝肥大化し、そのことと表裏の関係で大衆＝官僚主義と権威主義が一般化してくると、そこにどのような人間的変貌、もっといって個的＝人間性の剥落があらわれてくるかを、「感覚的な形象」をつうじて照らし出していると、それはいっていい。

とはいえ、この「コントロールされたような声」で語る青年党員たちにも、市民社会的常識からみて、こんな異常な芸当はできる。津田が、「党活動停止」の処分通知を受け、共産党系の日本統計資料社という勤務先からも出社停止をくらって家に蟄居していた折（六四年三月某日）、きょうから『アカハタ』が来ないのだとお手伝いさんに知らされ、「ある煮えるようなもの」「仕方のない、手のつけようのない愛情のようなものにせきたてられて」(一章)、最寄りの『アカハタ』分局に電話を入れると、「分局です。おはようございます……」(二章)と若い男の声が返ってきた。もう午後一時だというのに、「おはようございます」といった挨拶に鳥渡した異和を感じながらも、『アカハタ』が来ない旨を告げて、すぐとどけてくれるよう念を押すと、それが保障できないという。「津田はぎょっとした。声がかわっている。さっきの若々しかったのが、若いに似合わず落ちついたといった声にかわったのに津田は驚いて、すこし不安になり、つづいていらっいてきた。人間はかわっていない。同じ人間が、言葉の調子をそんなふうに変えることができる……」(同、傍点は引用者)「何でですか。理由は何なの……」と聞くと、電話の向うの声がいっそう落ちついてきて、「そんなこと私に言わせようってんですか。津田さんのほうで、見当ぐらいつきそうなものでしょう……」との答である。

分局と津田との間には『アカハタ』購読にかんする契約がつづいていた。購読料も十何年きちんと払ってきた。それは本来市民社会での商取引契約として継続してきたものである。それを津田が「党活動停止」の処分をくらうや、直ちに手配がまわって、『アカハタ』購読を一方的に拒否するというのだ。勿論、市民社会の論理では一方が商取引契約を破棄するということはありうる。しかし、お前は反党分子だから『アカハタ』を売らないとはいわずに、売らないについては「津田さんのほうで見当ぐらいつきそうなもんでしょう」との仄めかしで、一方的に購売拒否の挙に出るのは、党(ないし党員)の市民社会内での道徳的ヘゲモニーの観点からすれば、ひとを納得させるものには決してなりはしない。それは党（の上層のほう）が、反党分子というレッテルをはりつけたものにたいする盲目的な排除の論理でしかなく、暗いセクト的な秘教集団というイメージを再生産するだけであろう。そんなことが、「純粋事務員風」にすすめられるだけ、その分薄気味悪さも加重される。つまり「身のこなしがスマート」「純粋事務員風」が、こんなふうにも発現してきたところに、「津田はぎょっとし」、読者も津田のこの感情の移ろいにぎょっとせざるをえない一場面で、これはある。とすれば、例の「純粋事務員風」は、こういうセクト的な排除の論理の上辺に着せかけられた市民社会的な外皮でしかないということになりうる。

党書記局からの呼び出し（六四年三月二三日）のさい、「わたしが書記局としてお話をお聞きする」と称した書記局員の代理の青年のことに話を戻す。件の本部勤務員の青年党員は、ことの次手にといった恰好で、話の終りしなにこんなことを切り出してきた。

それは、津田の学生時代からの友人である田村榊の言動についてだった。

《田村さんは、書記長（作品の上では吉野義一）や、幹部会員の佐藤さんなんかともお親しいんだそうですね。」

「そうですね。もとっからの友人ですからね。……」

「しかしですね、こんなこ、とはどうで、しょうか……」それはやさしい声だった。話す調子そのものが、さっきからの問題でもやさしかったが、いっそうここでやさしくなったように津田は感じた。「これはまア、いろいろに言うものが少数あるんですが……つまり田村さんがですね、まアこれは作家だからということもあるんだと思いますが、書記長や佐藤さんに、あまり慣れ慣れし過ぎはしないか、そんなことを言うものがあるんですが、そこはどうなんでしょう、……」

……（中略）……

「つまり、おれおまえで呼びすてにしてるっていうんですね。昔の関係は昔の関係でも、現在としては傲慢にひびきはしないかといったことなんですね。なかには、それが田村さんにとって不利じゃないかっていうふうに言うものもいるんですが……」

「このおれがどうだ……」という問いが津田に出てきた。田村は曲りなりにも中央機関にはいっている。おれはその点文字どおりの平党員だ。そのおれが、田村ほどの親しさでないにもかかわらず、この二十年来まるまる彼らを呼びすてで来たじゃないか。何が差しつかえたか。何ひとつ差しつかえなかった。そもそもいって、こいつらは……「不利もへったくれもありませんよ。なんなら吉野にでも佐藤にでもじかにきいてみるのがいいですよ。」

　流れになって出てくるものがあるらしかったが津田はそこで切った。

「それもそうですね……それじゃ……」と相手が言ったのをしおに津田は立った。》（十五章、傍点は引用者）

私は最前から大衆＝官僚主義という用語を用いた。そして、「わたしが書記局としてお話をお聞きする」と称する青年党員の右のような思考・言動のなかに、それが典型的に現われているとみる。簡単にいえば御役所式が、組織員大衆――それも組織の上で中間的な立場にある――に支えられ、最高幹部は、これを組織内操作のために積極的に利用するという官僚主義のあり方について、私は言ったのである。まさか、吉野書記長や佐藤幹部会員が、むかしからの友人である田村について、あいつは自分たちを「おれおまえで呼びすてに」していて「慣れ慣れし過ぎはしないか」などと自分から言い出すなんとは、いくら何でも考えられない。そこを「下っ端小役人根性」から、一本部勤務員の青年党員が、「こんなことはどうでしょう」「そこはどうなんでしょう」と仄めかし的に言ってくる。つまり、最高権威に対する一定の傾向性をもった集団心理みたいなものが組織内に形づくられて、それが上の意向――上の意向以上――を先どりして妙な仄めかしをやり、上は上でそれを組織操作に利用するという構造がつくりあげられてきてしまっているということなのである。先にⅡの2で見た、アカツキ印刷の輪転機、ガガーリン号の改名の件について、「上の方からそんなこと言いださぬうちに、下の方ってってもいちばん下じゃないわね、中っくらいのところからそんなこと言いだすものがあるらしいのね」（十一章、津田京子の言葉）といった組織内集団心理と全く通底するといっていい。そうするとどういうことになるか。個的＝人間性が剥落させられ、組織内人間疎外がすすんで、或る共通の党員像が形づくられざるをえない。そして、そこからはずれたものは異分子として白眼視されるか、それに加えて路線の上で異を立てるものは排除の対象にもなりかねないことにも立ち至るのである。作品の上で津田がぶつかっているのが、まさにこういう事態なのである。

津田は、「わたしが書記局としてお話をお聞きする」と称する青年と別れて帰路につくが、その間、さっきのやりとりを想起し、その想起作用のなかでこう連想せざるをえない。「仮りにいちばん悪い場合を想像してみても、田村から糞ていねいな言葉で上長官扱いされて、それで吉野や佐藤が侮辱されたと感じないまでになったなどということは考えて見ることもできない。」（十六章）これは作者・中野の衷心の叫びでもあっただろう。そして、「『田村さんにとって不利じゃないかっていうふうに言うもの』は、田村を課長にでもなりたがっている人間と見ているというのでなくて、その男自身がそうだということを告白しているのじゃないか。『……っていうふうに言うものもいるんですが……』といったさっきの男自身、それと戦っていない彼みずからも、課長志願者イデオロギーの捧持者であることを告白したものだったのじゃないのか……」（十六章）

そして、こういう「課長志願イデオロギーの捧持者」は、上のほうで何を決めておろして来ようが驚くということがない。「現実指導面での露骨な反ソ政策」にも、勿論驚くことがない。六四年四月七日、津田には、田村を訪なおうとしてバス停留所で待つ間、或ることをきっかけにいきなり先日代々木の党本部に呼ばれた時の問答の一端が想起されて来るのだった。

《それは、わが党中央の現実指導面での露骨な反ソ政策につながっている事実だった。それは、ついこのあいだ津田が代々木へ呼ばれて（三月二三日）、鼻をつままれたような問答をしたあの問題につながっているのでもあった。あのとき、労働組合の「先進的な」労働者は、『職場、企業を離れて』地域組織で活動するべきだといわれている話が出た。そういって、共産党が内々に、しかししつこく働きかけているという話が出た。

内々に——しかしそれは活字になって出ているのだった。活版刷りになって組合員たちに渡されている。あのとき津田は、実情をわかりやすく説明した。いったいあの時の相手（「わたしが書記局としてお話をお聞きする」と称した男）が、津田の説明をいくらかでも理解したのだったろうか。そんなことは百も承知でいたのだろうか。それとも、津田の説明した実情を初めて知って、のけぞるほどにおどろいたのだったろうか。いや、いや、どうかしたらば、あの相手はひとつもおどろかなかったのではなかったか。それが、百も承知で、それだからおどろかなかったのでなくて、全くの初耳で、にもかかわらず、てんで動顚しなかったのだ、たぶん。寝耳に水ということが、あすこでは初めからありえぬのだ……

「上で決めて下げてくる。何のおどろくことがある……」》（二十章、カッコ内は引用者）

こうして、「わが党中央の現実指導面での露骨な反ソ政策」も、それとかかわる四・一七に予定されたストライキつぶしの四・八アピールも「上で決めて下げてくる」かぎりにおいて「あすこでは」押し通されてしまう訳である。

《……ついこのあいだ、書記局からの呼出しというので出かけて行ったときの問答の中身がそのまま残っている。

「……『職場、企業を離れて』ってことがありましたね。職場をはなれて地域活動、政治活動に参加しろ、それが何より大切だなんてことを党側から言ってきてる……」

そっくりそのままだ。（四・一七ストも）賃上げが主軸じゃ駄目だ。「愛国正義の闘争の先頭に立て」……》（二十二章、カッコ内は引用者）

つまりこれが、反ソ親中共路線と綯《な》い合わせになって出てきた、公労協を中心とした賃上げ要求ストライキつぶしの論理なのである。

2　吉野義一らにおける変貌

全集第八巻は『甲乙丙丁・下』から成るが、この巻のいちばん後《うしろ》には作中人名索引があって大変便利である。それをちょっと調べてみると主人公、津田、田村は別として津田京子、田村さく子というそれぞれの細君の出現頻度が多くあるのは当然として、併せて吉野義一、佐藤惣蔵、吉野喜美子の出現頻度が圧倒的に多い。このうち、吉野喜美子は、作中の現在において既に故人である。したがって書記長・吉野義一と幹部会員・佐藤惣蔵という、読み進めていてそのモデルが直ちに寄せて来るこの二人の最高幹部の変貌ということが前節の一般の党員像と組織の変貌とのかかわりで、この小説の一つのテーマになっているといっていい。

佐藤惣蔵は、プロレタリア文化・文学運動以来、田村とはごく親しい仲で、戦争と弾圧による中断をへて、戦後再建された共産党のなかでは、田村とともに主に文化・文学運動の方面を担当してきたのだった。それが最近に至って佐藤の政治的「やりすごし」といったことが目立つようになり、それを津田としても憂慮せざるをえぬ事態が現われてきていた。その津田は、たまたま田村たちの日本新文学会第十一回大会（六四・三・二七〜九）を前にした、「日本共産党中央委員会宣伝教育文化部副部長」という肩書をつけた「高田実氏にきく」という副題をもつ『アカハタ』記事を目にとめ、党第八回大会（六一年）前は「日本共産党中央委員会文化部」といっていて、佐藤が部長、田村が副部長だったのを想起し、一日田村にただすところがあった。

《前には、それは「日本共産党中央委員会文化部」というのだった。田村はそこの副部長をしていた。佐藤惣蔵が部長だった。

この突然の編成替えのことを津田は田村に聞いたことがある。

「どうしたんだ、あれは……」

「どうしたんだかおれにはわからないんだ。ああなったんだ、結果としてね……」

「しかし君は副部長なんだろう。」

「副部長だったんだ。」

「解任されたのか。」

「解任はされないいな。なくなったんだ、部署そのものが……」

……（中略）……

「おかしいじゃないか……」

「おかしくても何でも事実がそうなんだ。」

「それじゃ、あれかね、君自身、新聞発表で知ったってのかね。」

「そうだ。新聞発表で知って、へええ、そうかなと思ったんだ。」

「しかしおかしいな。じゃア、あれかね、編成替えのことは中央委員会で討議されたのかね。問題にされたのかね。」

「いや、されない。中央委員会総会のことは、大体が新聞発表のとおりだ。文学、芸術、哲学なんかについての批判的意見は出ていたがね。それも発表されてる……」

……（中略）……

「それはそうなんだ……」といって田村は津田を見た。「おれにもわからないが、佐藤自身にしても新聞発表で知ったのかも知れないんだ。おれは部署がなくなったのだから、あれから出ていない。佐藤にも会っていない。佐藤にしても文化部長としては出ていないんだろう……」

「なんだかおかしいな。百パーセント突然変異なのかね……」

「それはね、いま考えれば何かがあることはあったんだ。大会まえにいつごろだったかな。文化部の働きが駄目だから、組織を変えるという意見が横っちょから出たことはあるんだ。部会に提出はされない。ただそういう意見が流れてくる。どこかしらから流れこんで来るんだ。おれは取りあげたことがある。流れこんで来てる意見を問題にしょうとしたのだ。すると、佐藤がそれをいやがるんだ。忌避するんだね。理屈はあるんだ。またそいつが、正規に取りあげようとすると途端にすうっと引っこんじまうんだね……」

……（中略）……

「つまり君は、供手傍観してきたのか……」

「全くの供手傍観でもない。現におれは……」といって田村は逡巡するらしかったがつづけた、「佐藤に話したことがあるんだ。わざわざ家《うち》へ出向いて話しに行ったんだ……」

「……」

「やっぱりいやがるんだ。おれは彼の立場を基本的に支持してたんだから、そのことも言っておいた。はっきりいっといたよ。彼は黙っていたな。彼として干される感じは持ってたな。干されようとしているって感じだろう。しかし触れなかったな。我慢づよいというのかも知れんが……」

「ふうん……」

「我慢づよいな。そこはおれなんかのまねできんところで、えらいと思うことがある……」

「しかし我慢に我慢をした挙句、そのまんま、別のものに変質するってとこがあるんじゃないのか……」

「そうなんだ。」といって田村は暗欝な顔をした。「ありえぬことではないからね。おれ自身、おれのは我慢づよいってんじゃないが、それを感じるからね……」》（十九章）

これは民主主義的な党運営という観点からして、いかにも奇怪な話である。中央委員会の一専門部（この場合は文化部）が、中央委員会総会への報告・承認もなしに編成がえされてしまう。或いは、その部局そのものが無くされて別のものに変えられてしまう。それを文化部長で中央委員会幹部会員の佐藤も、副部長で中央委員の田村も知らぬ間《ま》に「新聞発表」（『アカハタ』だろう）で知らされることになる。つまり、「ああなったんだ、結果としてね」となる。しかし後からふり返ってみれば「何かがあることはあった」。文化部の働きが駄目だから組織替えをしろ、という意見が「横っちょ」のほうから出た。しかし正式に部会に提出されることはない。そういう見解が、どこかから流れ込んでくる。田村が、それを部会で正式にとりあげようとすると部長の佐藤がいやがる。また正規にとりあげようとすると、それが「途端にすうっと引っこんでしまう」。

とはいえ、こういう意見が流れこんで来る事実はある。とすれば誰かが、それを流して盛んに仄めかしがやられたということだ。それは誰か。中央委で正式にとりあげたことがないのだとすれば、書記局あたりと考えるほかはない。つまり書記長を中心とする書記局政治が確立していて、それが妙な意見を流して、ある雰囲気をつくりだす。文化部で正規にとりあげろとはいわない。ただ専門部編成替えが不可避だという雰囲気は徐々に蓄積されて行く。そして、あるところで「新聞発表」となる。それじたい、仄めかしによって事実関係を蓄積しておいたうえでの事実上の中央機関内クーデターという他にない。

しかも、「佐藤がそれ（妙な意見を正規にとりあげようとすること）をいやがる」。とすれば、佐藤はその噂の出所について見当がついていて、ここは「我慢」だという態度に出たということだろう。そして、我慢に我慢をした挙句、別のものに変質しかねない。こう見てくると、実に陰湿な党内操作があって、佐藤はそれに乗せられるような形で、政治的「やりすごし」を重ね、結果、「別のものに変質」してしまったということである。右は、そういう問題であるだろう。

そこで田村にそくしていえば、「ここ何年間か、続けて佐藤の気持ちが田村にはわからなくなっている。」「佐藤と田村とでは党内役員としての位置がちがう。佐藤のほうが、上下関係でいえば上になるため、それだけ余計に組織からの直接コントロールを受けるのだろう。……（六全協で）批判ずみの例の家父長制、それそのままの『とうちゃんに言いつけてやるから』式の駆込み訴えの馬鹿さ加減を叱ったり諭したりする一方、彼としては、知らず知らず新家父長制といったところへ、それをそう名づけていいか問題はこれからのことになるが、すべり落ちかねなくなっている吉野にことをわけて話して話をつけるにも、ひと方ならぬ苦労をしたものと田村たちは見ていた。」（三十三章、カッコ内と傍点は引用者）

田村としては思考の必然性として、佐藤と吉野の「変り方」について比較して見ざるをえなくされる。

《戦争がすんで、その秋のすえ久しぶりに会ったとき彼らは話を夜までで終らせることができなかった。田村は佐藤の家へとうとう泊まってしまって、寝てからも床を並べて二人は娓々《びび》として語りつづけた。田村の心には佐藤にたいする尊敬の念があり、不満はたえず出てきながら、古い仕事仲間としての肉身的な親しみの念があった。そこに、吉野にたいする惚れこんだ気持ちとのあいだにいくらかのちがいがある。価値の上下ではない。佐藤も変り、吉野も変り、田村自身も変っていただろう。しかし佐藤の変り方には、吉野に感じられるような激変がなかった。田村じしんにいちばん変化がない。》（三十三章、傍点は引用者）

「新家父長制といったところへ……すべり落ちかねなくなっている吉野」「吉野に感じられるような激変」といわれている、その吉野の変貌については、作品『甲乙丙丁』のあちこちに散らばっている挿話を、時系列的につなげて、その過程を細かくたどることもできよう。田村は、それを五〇年分裂の頃から、僅かに感じはじめていたのだった（二十六章、二十八章、三十四章など）。しかし、ここでは特徴的な事柄に限って見ておくにとどめたい。

二十六章以降、田村榊が主人公として作品世界を支配するところとなる訳ではあるが、その二十六章の突端《とっぱな》、眼のさめた田村が「ぼんやりと考えて」いると、いつだつたか古川真一郎（窪川鶴次郎をモデルとしている）が長い手紙に書いてよこした「吉野義一のつくり笑いのこと」

が思い浮かんでくる。「それは、僕にしても、彼をとりまく複雑な（怪奇なとまではいわぬが）条件を知らぬわけではない。それを理解することもできる。それにしても前記のような会合で、前記のような具合にあっはははは……と笑うのは、聞いていられない。それで片がつくということはあるだろう。前記の場合も、何とかそれで片がついた。それが悪いとも僕は思わない。取引ということだって現実にはある。しかしそれを吉野がやるのか、吉野すらがやるのか——僕が耐えがたいというのは、必ずしも僕一個のためではない。駆引ということが現実にある以上、その条件を吉野といえども受けて立つべきであろう。それもまた現実的であろう。しかしそれを、ああいう笑いを使わないでやるところに彼の個性があって来たと僕は信じる。僕は、少なくとも僕のいる席では、あんな笑いを彼から聞かされたくない。しかしこれも、僕のいいたいことの中心ではない。……僕でない人で、年齢も若くって、熱心かつ積極的で、しかし理論的にも経験的にも未熟なところのある人々が、ああいう笑い方とああいう弁舌とで手もなく陰に消されてしまうのが見ていられない。」（二十六章）

この手紙と同じものは、六三年五、六月号の『群像』に発表された小説『プロクラスティネーション』にも引用されているのであるが、このほうでは、手紙を現在時点で受けとったことに設定されている。つまり六三年の春である。そして『甲乙丙丁』では引用されていない部分で、「生れて六十年、云々」という言葉が見える。古川のモデルが窪川鶴次郎だとして、窪川は中野より一年遅く一九〇三年二月に生れている。この関係を機械的にあてはめれば、「生れて六十年」は一九六三年春ということになる。フィクションにモデルや現実の時間進行をあまり機械的にあてはめるのも、いくらか気がひけるが、田村の中野が、古川の窪川から、「吉野義一のつくり笑いのこと」を手紙で訴えられたのが、作品世界のなかでいつの頃と考えたらいいかの見当をつけるため、ここではお恕し願うことにする。すると以上の関連で、この一、二年という見当がつく。『甲乙丙丁』の現在時点から一、二年前と考えていいであろう。中野重治が宮本顕治について、はっきりとした批判意識を獲得してからということになるだろう。批判意識を獲得したが故に見えてきた人間的側面ということもあるだろう。

つまり、この「つくり笑い」こそ吉野の「激変」を象徴している。

それは、どんな状態からの激変だったか。

《古川の手紙では、「少なくとも僕は、彼という人間に惚れこんでやって来たのだから……」といっていた。「惚れこんで」というのがどんな惚れこみようだったか古川は書いていなかったが、田村自身も吉野には惚れこんでやってきていたのだった。》（二十八章）

《吉野は何よりも共産主義者だった。田村から見て最も新しいタイプの共産主義者、田村なぞの今まで見たことのなかった頑強で知識的な共産主義者だった。……吉野にたいする田村の讃歎の思いがそこにあった。自分の弱さにたいする反射からもそれが来てるのかもしれない。》（二十八章）

それが「古川の書いてきた『あっははは……と笑う』話」にまで至るのであるが、田村としては、どうも「それは、古川が書いてきた割りに最近のこと」なんかでなく、五〇年あたりから揺曳していたようにも思えるが、それは田村においてはっきりしない。

　しかし古川のいうのは、こういうことだと田村は受けとめる。「……多分あの吉野が、仕事仲間同士の席で、国会議員か何かのようにして、ある種の人間が、新聞記者会見か何かでやるようなやり方で事を処理したのだったにちがいない。それが古川に強くこたえたのだったにちがいない。それはありえたと田村も思う。『サモソウズ……』という気がする。古川同様、いつごろからそんな手を吉野が使うようになったのか田村も知っていない。それは、吉野の神経の作用が、昔と変ってしまったということだろう。田舎政治家たちの神経のように機能する。」（二十六章、傍点は引用者）

「吉野の神経の作用が、昔と変って」しまって、「田舎政治家たちの神経のように機能」した場面に、二年程前、田村は個人的にも立ち会わされていた。

　田村が中野の分身であるとして、その中野は党第七回大会（五八・七・二三〜八・一）で中央委員に選ばれたが、その第七回大会から第八回大会（六一・七・二五〜三一）までのプロセスで、とくに中央委員会総会での綱領草案の討議などにおける宮本等の党内操作に異和を強く感じはじめていた。綱領草案そのものにも異見をもちはじめていた。それは、『甲乙丙丁』五十一章の党第八回大会を前にした「あいだに休みは置いたが、長い長いふた月ばかりのあの中央委員会」（モデル的素材としては、六一年三〜五月の第七回大会第一六中総のことである）で、吉野が「論敵を発言回数を持ちだしたりして攻撃」して来たことに対する作者の批判的な論述などにも、作品上の問題として現われているといっていい。「『……われわれは決して発言を不当に制限したりなどやっておりません。現に立花同志などは、二十四回も発言——二十何回といったか田村は覚えていない。——しているのですから……』／そう言って吉野は軽い笑いをつけた。あのへんからして、古川のいう『わっははは』が始まっていたのだったろうか。(注)」（五十一章）しかもなお中野は党第八回大会では、宮本綱領を支持させられる。しかし、そのことは、宮本批判の思想的立場を、むしろ強める結果に導いたことであろう。そのことによって中野は、再び「転向」を主題とした一連の作品を書くことになった次第については、本論Ⅰ章の1で関説しておいた（六二、三年）。それは別言すれば「革命運動の伝統の革命的批判」の作品群で、『甲乙丙丁』への文学的序走とも見られる旨も、そこで述べておいた。

（注）最近公刊された『日本共産党の七十年』は、いろいろな意味で面白いが、「綱領草案をめぐる徹底した民主的討論と春日一派の転落」の項では、就中、こういわれている。「草案反対者の発言は全面的に保障され、六一年三月の第十六回中央委員会総会（第七回大会）だけをとっても、春日（庄）は一人で四十七回、内藤知周は六十八回もの発言をおこなった。」

右、内藤知周は『甲乙丙丁』の中にでてくる立花のモデルである。反対意見者の発言回数を形式的にあげつらって、そこに「民主的討論」の保障基準を見るのは、何とも不可思議な宮本風「民主主義」といわねばならない。

作品『甲乙丙丁』のうえでみて、まさにその頃のことである。田村と同い年で、田村より一日だけ後から生れてきた佐藤惣蔵が、或る意図を承けて、佐藤・田村両名の還暦祝いを、「別に機関でどうこうってんじゃない」「まア、文化関係を主として」という形でやろうじゃないかという話がもちあがっている旨を田村に伝えたのは。

田村は、言葉が反射的に飛び出すのを抑制しながら、「いや、それだけは勘弁してくれ」と答えたが、「何がなしそれは悲しいことだった。何がなしみじめなことでもあった。理屈はついていない。しかし最後の瀬戸際のところでそれは田村にそうだった。」（三十九章）

田村は、咄嗟に、はっきりとした理由も見出せぬまま、「それだけは勘弁してくれ」と答えたその答えの意味を、更めて考えさせられる。

《……このところ中央委員会内で事ごとに意見がちがって来ている。吉野や佐藤の意見が絶対多数を占めて、田村などの意見は絶対小数《ママ》、はては田村一人だけの意見になっている。それが積み重なってきている。……そのうえ彼らが還暦祝いの何のといっても、人が六十年なんとか生きてきた、そのことを祝おうといった気持ちは微塵もない。ないことが経験からしてわかっている。おおやけのものにしろ内輪のものにしろ、結論を、少なくとも場の空気を、党内での、或る政治方向へ持って行こうとするものなことは手にとって見えている。そこへ出ていって田村が、ことが祝いの席だけに、議論するわけにも行かぬ上、佐藤と連合の祝いだけに「議論するわけにも行かぬ」が二重になることも見えている。そうしておいて、あとで何かのとき、またぞろ還暦祝いの時こういったじゃないかというふうにして政治路線の上で搦めてくることが、見えすいている。》（四十一章、傍点は引用者）

しかし、還暦祝いの件から、これで解放された訳ではない。二人いっしょの還暦祝いは、なしにすみはした。しかし、日をおかず田村のところに小包みが一つ送られて来たのが、想起作用の中で想起される。

《差出人は佐藤と吉野との連名になっていた。田村は小包を開けた。一つのよろこびと、そのよろこびをもくるむ一つの重苦しい嫌悪とが田村にかぶさった。その重苦しさは田村の手にあまるものだった。嫌悪の重苦しさは、出てきた品物からの悦びと出会って或る濁ったものの中へ田村を引き入れるようだった。品物は大塚巧芸社の「（国宝）鳥羽僧正筆鳥獣戯画」の複製だった。

「君の六十歳還暦を祝福し、いっそうの健康をいのる。」

卒直な短い言葉だったが吉野のペン書きで書かれ、日付の下に吉野と佐藤と連名で署名がある。》（四十一章、傍点は引用者）

田村は右の還暦祝いの一件が、「政治的取引の変種」以外になかったことを、右想起作用の中で更に想起されてくるもう一つの情景とかさねて、したたかに感得させられるのだった。それは、還暦祝いのことが起るさらに一年半程まえ、六一年夏のことである。

《去年夏のある会議場のことが田村の頭に出て来た。壇上に吉野が立っている。吉野の眼に憎悪があったかも知れない。田村のまわりに四、五十人の人間が腰かけていた。そのまんなかに引きだされたような恰好で田村が掛けていた。田村には、四、五十人の人間が頼み甲斐のある仕事仲間にも見え、寄ってたかって何かをしてしまう破落戸《ごろつき》風なものにも見える。そういう連中は、一人一人ではそれほどのことをしない。寄ってたかった場合にはとんでもなく非道なことをやってしまう。人数が多いほど、めいめいの犯罪意識が小さく等分される感じになるのらしい。

「……初心忘るべからずということがあります。一九四五年末、田村同志に再入党のすすめがあったとき、彼は一九三四年の『転向』の故にいちおうそれを辞退した事実があります。もう少し働いてから、仕事をしてからというのが同志のその時の心理でした。初心忘るべからず。人は絶えず初心に立ちかえらなければならない……」

まわりの、ざわめきのなかで、鳴っている鐘のなかへ頭をつっこんだ人間のようになって田村はそれを聞いていた。「おれは初心を忘れてはならない。吉野は忘れてもいいというのかな……」、

うつけた受身の形でいた田村が、それでも、「やはり初心を忘れてはならぬ。それは正しいことだ……」というところまで漕ぎつけるのに、何分も、三分も五分もかかっていたろうと田村は思う。そうして、そういう形で受けとったそのことが、あの場での田村の直接のやり方としては誤っていたのだったかもしれない。「初心忘るべからず」を、むこうは純粋にその場の

武器として突きだしていた。それは、それ自身「初心」を忘れ去ってはじめてできることだった。それにたいして、「初心」うんぬんそのものの正しさで田村が対した。完全に敗北コースであるほかはない。そんなふうに、いわば抽象的に正しく自己を対置するべき相手でも条件でもなかったのだった。》（四十一章、傍点は引用者）

つまり吉野は、「中央委員会内で事ごとに意見がちがって来て」「田村などの意見は絶対小数《ママ》、はては田村一人だけの意見になっている」ような状況下、中央委員会総会における政策討論・議事手続討論にさいして、「初心」問題をもちだして田村を圧服しようとしたということである。田村にとっての「初心」とは、いうまでもなく一九三四年の「転向」と、それを自己批判して戦後再入党を許された際の「初心」以外でない。吉野は、「転向」問題などとは無関係の議題での論戦において、「その場の武器として」「初心」問題をもちだして来た訳である。すると田村は、「鳴っている鐘のなかへ頭をつっこんだ人間のようになって」、「やはり初心を忘れてはならない」というところに漕ぎつけるのに数分もかかる。向うが「初心」問題を論戦の武器として突きだして来たのに、田村は、「初心」問題の正統性を内面の倫理で了解することで対した。それが政治的論戦での完全な敗北コースであるのはいうをまたない。吉野が、佐藤をかたらって、還暦祝いの件で、〝友情〟の外皮のもとに政治的搦めとりを仕掛けてくる一方で、論戦のための「その場の武器として」「初心」問題を突きだしてくる。こうした「田舎政治家たちの……ように機能」する「吉野の神経の作用」に、読者は漂然たるものが走るのを覚えないであろうか。

吉野のモデルが宮本顕治であり、田村が中野そのひとであるのはいうまでもない。ここで作品の具体から、いくらか離れることになっても、「初心」問題にかんするフィクションの基礎素材となった事実関係について、いささか振り返っておきたい。

宮本顕治は中野の「初心」問題について、『展望』一九六六年十一月号の臼井吉見との対談「『自主独立』をめぐって」のなかで、こう語っている。要点のみ引用しよう。

〈戦前には、彼は『村の家』に書いたように、自分の転向の問題を生死の問題として、転向しても転向しないぞという、必死の闘争として追求していたと思うんです。それは非常に人をうつ力をもっていた。戦争が終ったときには彼は非常に謙虚だったですよ。自分のようなものでもまた共産党に入れるだろうかというような態度だった。だから、いや、みんな多かれ少なかれまちがいを犯しているんだし、日本の場合には転向者を入れないということになれば、党は成り立ちませんから、これからは大きな党として発展する、進んで行くんだから、新しい党に昔の問題をはっきりさせて入ることができるんだと言ったのですが、彼にもそういう時期があったわけですね。彼は当時そういう一面をもっていたんだけれども、しかし一面、新日本文学会でずっとインテリゲンチアに取りまかれてすごしてきた。そして文壇的な作家としても、名声も出てきた。こういう過程で、『村の家』にあったような自分の初心と言いますか、そういうものを生活のなかでもたえずためしてみる、謙虚に問うてみるということが弱くなり、むしろそういう姿勢がなくなっていったのです。……

……（中略）……

私は第八回大会前に、彼の目の前でも相当言ったことがあるんです。戦前の彼は動揺や変節はあったけれども、とにかく立ち直ろうと奮闘してきた。しかし戦後は、自分をほんとうの真理とか生活規準というものに照らして鍛えようとしないで、一部から潔癖で良心的だというような声望を得ながら、実際はだんだん俗物化してきた、これが彼が党員としてがんばれないいちばんの問題だということを、彼の前で一時間くらい論じたことがあります。彼はそのときは、よく考えようと言っていたのですがね。〉（『宮本顕治対談集』より。傍点は引用者）

右を素直な気持で読んで、宮本顕治が絶対的真理の体現者・最後の審判者として語っているという感にうたれるのは私だけであろうか。それは、憶面もなくといった感情と綯《な》い交ぜになって寄せて来る。この宮本の発言は、六六年十一月号の雑誌『展望』に載せられたのだから、雑誌の編集・発行のテンポからして六六年初秋くらいと考えられる。つまり中野が除名されて、ちょうど二年の後ということになる。『甲乙丙丁』のなかの吉野の言葉、「一九四五年末、田村同志に再入党のすすめがあったとき、彼は一九三四年の『転向』の故にいちおうそれを辞退した事実があります」は、右宮本・臼井対談中の「戦争が終ったときには彼は非常に謙虚だったんですよ。自分のようなものでもまた共産党に入れるだろうかというような態度だった」に対応するであろう。そして、「田村同志に再入党のすすめがあったとき」といわれるその「すすめ」に行ったのは、宮本顕治と西沢隆二《たかじ》であり、中野は、右のような逡巡から一時《ひととき》まってもらって、四五年十一月に、やはり同じ二人の推薦で再入党したのだった（全集⑦、「うしろ書」、参照）。問題になっているのは、この時の中野の「初心」である。「自分のようなものでもまた共産党に入れるだろうか」（宮本発言）という中野のためらいは真心《まごころ》からのものであっただろう。それを旧くからの友人である宮本顕治と西沢隆二に、中野は個人的に糺したのである。この事実を、宮本顕治は公的な席上で、「政治路線の上で搦め」とるべく、「その場の武器として突きだして」来た訳である。しかも、十数年後の時点において。それこそ「初心」を忘れ去ってはじめてできることではなかったであろうか。

中野は、一九〇二年一月の生まれだから、還暦祝いのことがもちあがったのは、一九六二年の一月くらいであろう。『甲乙丙丁』も、田村のこととして、そんな風に読める。そして、還暦祝いの件を想起し、その想起作用のなかで、さらに「去年夏のある会議場のこと」を想起しているのだから、それは六二年から勘定しての「去年」、つまり六一年夏と読める。

党第八回大会を前にした「あいだに休みは置いたが、長い長いふた月ばかりのあの中央委員会」（第七回大会第二八回中央委員会）のことは前にふれた。それ以後、第八回大会に至る間には、六一年六月六日～一〇日の第一七回中央委員会総会と、七月二〇日～二二日の第一八回中央委員会総会が開かれている。後者では、春日庄次郎、山田六左衛門、内藤知周らが「反党分派活動」の故に除名処分になったのであったが、併せて最終日の七月二二日、中央委員の大会代議員資格問題が討議され、そこで、蔵原、袴田（『甲乙丙丁』中の腰越朔馬のモデル）、宮本が、それぞれ中野批判を繰り展げているのが、前出（本論Ⅱ章の2）の神山茂夫「第七回大会中央委員会総会議事メモ」から伺えるのである。七月二二日の分から必要最小限の引用を以下にこころみる。

〈**蔵原**　「新日本文学会」のことについて――○中野は、武井昭夫問題でも、「規律違反だが、処分で片づけるべきでない」といった。云々。

……（中略）……

袴田　中野は、決定に、党に、ついていけばよいというが、そうではないので困る。云々。

○党の選挙には、指導がなければならぬ。云々。

○中央委員としての責任を充分はたしていない。特に新日本文学会の指導にあたって。云々。

「自由主義的な考えが、濃厚だ」云々。

……（中略）……

中野　辞退。従来の経過にてらして、次回役員には遠慮したし。

袴田　中野の作品批判。（長時間にわたり、事実上の中野批判）

……（中略）……

宮本　責任は中野にだけあるのではない、ということについて。長ながと。（〔事実上は、文学作品の批判にことよせての、細かな批判〕）（神山茂夫編著『日本共産党戦後重要資料集・第三巻』、

傍点は引用者）

ことの経過からして、「私は第八回大会前に、彼の目の前でも相当言ったことがあるんです」（宮本）といわれる宮本発言が、この中委総での「長ながと」なされた中野批判であると推測して殆ど間違いないと、私は考える。

そして、それを裏がきするように、『赤旗』党史班執筆「反党転落者がゆがめる党史の真実」も、このことを党側から認めている。

《この十八中総（第七回大会）では、当時中央委員だった中野重治が春日（庄）や内藤らの除名には賛成しながら党綱領討議や第八回党大会代議員の選出（綱領……）についてあれこれのべたことから、少なからぬ人びとが中野を率直に批判し、中野が自分の誤った観点に固執するために党指導部への不信におちいっていることを指摘した。袴田も発言をしているものの、なんといっても宮本氏が、中野が党中央委員でありながら新日本文学会内の一部党員（野間宏や武井昭夫など）の誤った党規律違反をふくむ言動とたたかわなかったことを、かつては「村の家」を書いて変節に一定の反省をくわえ、彼等の再入党にさいしても、宮本氏に「自分のようなものでも再入党できるだろうか」と問いたときの謙虚さにもどるべきこと等々、的を射た批判をしている。》（『日本共産党の五〇年問題について』新日本出版社）

つまり中野は、作品の上で、例の還暦祝いの件とワンセットにして、吉野の発言をとりあげたということなのであるが、これが宮本＝吉野の「卑劣」にたいする本質的な人間的批判になっているのは、以上から明かであろう。それは小説の形をとってのみなされうる批判であった。

ただここで私には一つの危惧がある。吉野の「転向」＝「初心」発言にたいして、田村が「鳴っている鐘のなかへ頭をつっこんだ人間のようになって」「うつけた受身の形でいた田村が、それでも、『やはり初、心を忘れてはならぬ。それは正しいことだ……』というところまで漕ぎつけるのに、何分も、三分も五分もかか」った程に、それの田村への心的衝撃が強烈でありえたのは何故かということが、一般の読者、とくに若い人びとには、俄かに納得し難いものがあるのではないかと、それを虞れるからである。吉野は、田村への衝撃の効果を十分に計算していたであろう。

これを明らめるには、戦後の日本共産党における「転向」問題の意味、とくに宮本顕治の「転向」＝「非転向」問題についての特殊な見方について考察しなければならない。立花隆の『日本共産党の研究・下巻』には、宮本の転向観にかんする元中央委員の故亀山幸三の談話が収録されているが、当事者としての観察が卒直に語られていて、その辺りの消息を推測するうえで甚だ有益である。いま、立花の著書から重引してみれば、こんな風なのだ。

〈いつだったか、たまたま（宮本と）二人で酒を飲んだときに、「宮本さんの非転向に我々大いに敬意を払っているんですが、ほんとの意味での非転向を貫いた人は他に誰がいますか」と聞いたことがあるんだ。そのときの宮本の答えは、「結局、おれと春日（庄）ぐらいかな」というものだったわけです。

普通は非転向者というと、徳田、志賀の府中組や、偽装転向の神山とか、十数人かぞえるわけです。ところがね、宮本にいわせると偽装転向も転向というわけだ。〉

〈非転向者が転向者をあからさまに非難するということは滅多にない。しかし、だからといって、転向者のほうで転向の傷がふっきれているかというと、そうじゃない。転向のことを非転向者からチラリと片鱗でも出されると、今でもものすごい無茶苦茶な精神的打撃を受ける。打ちのめされる。党員にとって転向経験というのは、そのくらい大きいものなんです。だから、非転向者の前に出ると、何もいわれなくとも、そのことですごい精神的重圧を感じる。……

特に宮本は、いまいったみたいに転向についてとりわけ厳しい見方をしているということがわかっていますからね。心の底では宮本におののいているわけです。だから、転向者はほんとに真面目によく働く。……それから、蔵原惟人のように、ほんとは転向したんだけれど、宮本が黙っているおかげで、つい最近まで非転向者だと党内で思われていた人なんかは、いっそう宮本に頭が上がらんわけです。

さっき、宮本がおれ以外にもう一人と名前をあげていた春日庄次郎君ね、彼には経歴に一つ汚点があるんです。それは四・一六の後に水野成夫たちが、労働者派という解党派をつくったときに、ちょっとだけそこに名前をつらねたことがあるんです。あるとき、中央委員会で袴田がそのことをもちだして、春日（庄）君を非難したことがあったんです。それでちょっとした騒ぎになったことがあったんですが、そのとき宮本は袴田を支持していましたからね。ほんとのところは、真の非転向はおれ一人と内心では思っているんでしょうね。その他の非転向者を、なぜほんとの非転向者と思わないのか、そのとき理由はききませんでしたが、おそらく当局の調べに応じてしゃべったのは権力への屈伏という点で転向と同罪だと思っているんでしょう。そう考えるとほんとに無傷なのは宮本一人しかおりませんからね。(注)〉(傍点は引用者)

(注) 亀山は、宮本の「内心」を付度していた。しかし、この宮本の「内心」は『日本共産党の七十年』(九四)では党史の上で公認された。

なお、私じしんの「転向」論については、「神山茂夫と『偽装転向』」(『神山茂夫研究』第六号、七九年四月)、「宮本顕治の党史論の批判」(『現代の眼』七七年五月号、および、『国分一太郎――抵抗としての生活綴方運動』(社会評論社)などを参照されたい。

つまり宮本は、このような「転向」=「初心」問題を、公式の党中委総でもちだして、中野に「ものすごい無茶苦茶な精神的打撃」を与え、議論以前のところで「打ちのめ」したということなのであろう。作品にそくしていえば、田村は、文字通り「鳴っている鐘のなかへ頭をつっこんだ人間のようになって」「うつけた受身の形で」いる以外になかったということである。そして中野は、政治的には敗北したものとして、宮本における「民主主義」的外皮をまとった党内操作――この場合は中央委操作――、そこでの「卑劣」を、文学的形象化をつうじて思想的に批判しおおせたのであった。

なお、作品『甲乙丙丁』には、「石垣（徳田）書記長の野蛮な卑劣」に対して、吉野の「洗練された卑劣」の問題が出されているのであるが（五十三章、五十五章）、本論Ⅲ章の予定枚数を大分超過しているので、作品の具体にそくして読者一人一人が感得されたいと考える。ただ、この「洗練された卑劣」「洗練された」官僚主義が、党の「近代化委員会」問題や、本部受付での青年たちの「洗練された」（ということは飼い慣らされた）物腰なども全部重なってくる訳である。

いま紙数の不足を歎いたところであるが、しかし、作中の雨宮（共産党の都議）という人物にたいする中野のとりあげ方について、岡田孝一が疑問を提示している点については一言しておかねばならぬ。

中野は、座布団の上で戦略論争にうつつをぬかしている最高指導部分のあり方に対して、雨宮たちの活動のあり方を、むしろ肯定的にえがいている。たとえば、こんな具合である。

《津田としては、イデオロギーがどうの、資料によればこれこれだといったことのない雨宮が、羨しくさえなることがあってやってきていた。雨宮は、地域居住区の人間としても、議員としても、税金の問題、小学校の問題、保護世帯の問題といったことを、生活相談所の看板もかけて何年来実地にやってきている。党組織が分裂したからといって、保護世帯の貧乏に差別ができるわけではない。差別の出てこない底のところで彼は仕事をしてきた。そのせいで、「思想的」をやかましくいう向きには曖昧にみえることもある。理屈方面はそっちへ任せるから、おれとしてはこっちに専念するのをかれこれ言わぬでくれといった彼の態度が生まれ、右か左かというときに多い方へつくという恰好もないではなく、理屈がこうだというので少数方へまわって、そのせいで日常の生活が邪魔されたのではたまらぬというところを、時には露骨に態度に見せもした。それだけに、「六全協」だとなればなったでその割りに怨みは残らない。「あの野郎……」というところがうすい。仕事の性質上そうも行かぬ津田として、そこが時に羨しくないことはない。そこに人間がいる。そこに生活がある。生活の場で雨宮ははたらいている……》(二章)

また——、

《じっさい雨宮たちは、修正主義を教条主義に染め直そうが、そんなことでは変らぬところで連続何年来仕事してきている。医者がいて手術室で手術している。幹部会にいかさまがもぐりこんで、手術放棄の号外(四・八アピールの比喩)を出したからといってメスがほうり出せるものではない。出てくる胎児を逆に押しこむことができるものではない。そんなことのできないところでかれらは仕事している。そこだけに閉じこもろうとする傾向はある。しかしそれにしても、初手からして閉じこもろうとしたのではなかった。ああいう馬鹿げた手術放棄、胎児おしもどしといったことを命令してくるものだから、それと対抗するため、対抗が目的でなくて、手術をすますことが目的、お産をさせてしまうことが目的でやってきた。消極的防衛姿勢ということはある。しかしそれがなくなったら、すくなくともかれらの場合、一切合財ゼロになるはかなかったろう。かれらとして、それだけには堪えられぬのだ、堪えられなかったのだ……それを党問題として党内に押しあげて行かなかったところにかれらの逃げはあるのだが……》（十章、カッコ内は引用者）

右二箇所を引用したうえで岡田孝一はいっている。「……作中の雨宮よりももっと末端のところで、大衆の一員として日常生活のなかで活動している私などが読むと、そこに『なんかちがうなあ』といった理由もさだかでない違和感が生じてくる。私などの活動の経験からすると雨宮のごとき存在こそ大きな障害である。生活の場で働いているからこそ、一層思想をむずかしく問題にしなければならない。それがあいまいにされるものだから、とにかく俺は大衆のなかで活動しているのだと居直ってしまうところがあり、しかもこのような下部党員のあり方が、党の戦略、戦術にかかわる重要な変質や、上部機関の誤りを、直接大衆の批判にさらすことを回避し、遮蔽していることに気づくべきである。」（岡田「日暮れて道遠し――中野重治『甲乙丙丁』論」、汾浩介・大牧富士夫・岡田孝一・清水昭三『研究中野重治』）――私は岡田のこの「違和感」を完全に受け入れることができる。ただ、岡田には、「作中の雨宮よりももっと末端のところで、大衆の一員として日常生活のなかで活動している私などが読むと、云々」といったいい方はして欲しくなかった。

雨宮のように、「理屈方面はそっちへ任せるから、おれとしてはこっちに専念するのをかれこれ言わぬでくれといった」態度で、「右か左かというときに多い方へつくという恰好もないではなく」、実際「修正主義を教条主義に染め直そうが、そんなことでは変らぬところで連続何年来仕事をしてきている」連中こそ、先に問題にした「課長志願イデオロギーの捧持者」の、地域における大衆活動家版以外にないのである。「上で決めて下げてくる。何のおどろくことがある……」（二十章、前出）イデオロギーの地域における捧持者そのものなのである。こういう連中こそ、政治傾向のうえでの特定「異分子」を攻撃・排斥しようという党会議などでは、「寄ってたかって何かをしてしまう破落戸《ごろつき》風なもの」、「一人一人ではそれほどのこともしない」のだが、「寄ってたかった場合にはとんでもなく非道なことをやってしまう」（四十一章・前出）手合いなのではないか。そして、「人数が多いほど、めいめいの犯罪意識が小さく等分される感じになる」（四十一章、前出）のらしく、五〇年分裂当時は盛んに津田を攻撃していたのに、六全協ともなればケロリとして訪ねても来られる手合いでもあるのだ。それを、中野の分身である津田が、「『六全協』ともなればなったでその割りに怨みは残らない」（二章）と流してしまう描き方に、岡田の「違和感」も生じてくるのであろう。中野の洞察の垂鉛の至りつく限界の一つを、私はここに見るのであるが、いかがなものか。

Ⅳ　「馬鹿な、てんでわかっていない……」

前衛党と党外大衆団体との関係批判

1　津雲との対決、作品中最大の山場

先に私は『甲乙丙丁』の全体を貫く主題は何かと自問して、それは日本共産党の「変貌」であると自答し、こういったのだった。「そこでは、一九六四年春現在において、昭和初年頃（三〇年～三一年頃）からの歴史の刻印を背負わされつつ、なお進行させられる政治路線や組織のあり方から党員の質にまで渉る、日本共産党のトータルな変貌過程が剔出・形象化されているといっていい。」（傍点は引用者）――「歴史の刻印を背負わされつつ」の「変貌」といった、この「歴史の刻印」とは何か、それが小説の現在時点でどう現われているか、ということがこのⅣ章で問題にされなければならない。

一九九三年十月一七日、「中野重治の会」の主催で、「シンポジウム『甲乙丙丁』をいま読

む」が明治学院大学で開かれたが、そこでの問題提起者の一人であった栗原幸夫が、中野が書きたかったという「日本のある流れ」とはいったい何だったのかという問題をだして、私は興味をひかれた。しかし、いま栗原の言葉通りを再現することはできないので、彼が『新日本文学』七九年十二月号の「特集・中野重治」に書いたところから引用する。「ここで言われている『日本のある流れ』とは何なのか、が問題となる。それは一般に受けとられているように、日本の革命運動、あるいは、そのなかのプロレタリア文学運動を指すのではあるまい。もしそうであるならば、戦後一九四七年十二月に書かれたこの文章で、それをことさらに『日本のある流れ』などとあいまいに書く必要はないのである。ここで言われている『ある流れ』とは、そういう一般的なものではなく、小林多喜二の死に帰結したような、日本の革命運動のなかに、流れている『ある流れ』、しかも圧倒的に支配していた一つの傾向を指しているのではないだろうか。だからこそ、戦後になっても、共産党に再入党した中野は、それを『ある流れ』としか表現できなかったのではないか。」（栗原『歴史の道標から』、傍点は引用者）『甲乙丙丁』においても、この「ある流れ」「一つの傾向」に対する批判は、全体を通して伏流しているといっていい。それはなにか。

いくらか先験的な仮説をもってすれば、それは日本の革命運動のなかの宿病ともいうべき「政治の優位性」論＝解党主義ということである。「政治の優位性」論と解党主義とは、一見対極的な偏向であるかに見える。しかし、弁証法の一法則である〝両極端は相通ず〟というテーゼをもちださなくとも、この二つは、過程のなかで、運動のなかで、いつの間にか一方が他方に転化してしまうという傾向をもつ。「政治の優位性」論とは、プロレタリア文化運動のなかで自らの芸術活動の律し方の問題として出て来たが、一般的には、前衛党と党外大衆団体との関係の律し方にまでひろげてとらえられる。すなわち、党の路線・利害を、無媒介的に大衆団体ないし、その組織構成員に押しつけ、これに党への支持獲得、さらにいえば党員獲得のいわば〝狩り場〟として対する傾向であり、別してはその〝理論化〟でもある。大衆団体内の党員にそくしていえば、この偏向の行きつくところ、大衆団体の「前衛党」化の方向に手をかざるをえない。大衆団体内の党グループ員のあり方として全くの規約違反となる。つまり解党主義以外でない。どういうことか。日本共産党の規約によれば――ここでは作品の現在を考え、第八回大会（一九六二）規約にそくして論述するが――、党外大衆組織の被選出機関に、三人以上の党員がいるばあいには、党グループを組織することになっており（「日本共産党新日本文学会中央グループ」などという名称がここから出てくる）、その党グループは、大衆団体のなかで、当該大衆団体の規約を尊重しながら、大衆（大衆団体）の利益をまもって活動し、併せて党の影響を強める方向で働かなければならないことになっている。ここに、党外大衆団体内の党グループの立場上の矛盾もある。一方では、大衆団体の規律・決議には従いつつ、他方では、党の独自の宣伝も行なわなければならぬという形での、大衆団体内党グループそれじたいが背負っている矛盾で、それはある。しかるに大衆団体の決議等をとびこして、党が決めた「決定」「対案」などを当該大衆団体に対して押しつけようなどというのは、「政治の優位性」論の立場であるのと併せて、解党主義（党規律違反、党グループの規定にかんする規約違反）以外の何物でもありはしない。「政治の優位性」論と解党主義が思想的に同一の関係にあるゆえんである。『甲乙丙丁』のなかで、この問題が、もっとも具体的に鋭く突き出されてきているのが、田村榊と党中央委員会宣伝教育文化部長、津雲との対決場面なのである（四十九、五十、五十二、五十三章）。

私は先に、『甲乙丙丁』は凡そ三つの部分からなるといった。第一部が一章〜二十五章、第二部が二十六章〜四十章で、第三部が四十一章〜五十七章である。よく「序・破・急」といわれるが、この第三部こそ「急」の部分であるといっていい。そして、ここに田村の津雲との対決場面がきて、作品中最大の山場となっているのである。

筋を大巾に省略せざるをえないが、この第三部で、田村榊は、大学時代からの友人で、いまは本部勤務員となっている砂田から、いきなりという形で、「応対するのに何だか面倒な、へんに人情にからんだ」（四十一章）電話で、会って話したいとの申し入れを受け、ことわる理由もないし、漫然と話し合ってもいいと考え、五月某日の或る日曜日を約束する。そして、田村が党本部で砂田と会うべく軽い気持で家を出（四十二章）、電車にのり（四十三、四章）、電車を降りて歩いて行く道すがら（四十五章）、「日本のある流れ」「一つの傾向」についてあれこれ想起し、その想起作用のなかで更に想起が想起を招き寄せてくる中を漸く本部につくと、暫く受付でまたされた揚句（四十六、七章）、やっと砂田が出て来て応接室に通され、あれこれ話をするのであるが、「田村には、砂田からせき立てられるようにして電話がかかってきたとき感じたのと同じような不安、疑問、疑惑がでてくる」のが押さえられないでいる（四十八章）。と、そこに中央委員会宣伝教育文化部長の津雲が「お時間ありますか」といって顔をだす。こうして、このほうが党本部に誘《おび》き出された本筋の用件であるのがはっきりするのである（四十九章）。

　津雲の本筋の用件とは、ひと月ほど前ひらかれた日本新文学会第十一会大会（六四年三月二七日〜二九日）の結果にたいする田村の対応をめぐって、党中央委幹部会の決定をつたえるということだった。それに先だち、田村は「新文学会で役員に選出された場合、これを辞退するようにという幹部会の決定」（四十九章）を、病気見舞をも兼ねた幹部会からの使者から伝えられていた。ところが彼は、大会で新しい役員に選ばれた。それを辞退もしなかった。津雲の用件というのは、それを前提として、改めて幹部会の決定を伝えるということだった。以下、火花の散るような——思想的に火花の散るような——津雲とのやりとりを暫く抜粋しなければならない。

《「それでですね、幹部会の新しい決定なんですが、形としては、結局同じことなんですよ。役員に選出されても、党の中央部の一員としては、それを辞退せよ、こういうんです。これは、前のでは、役員に選出された場合はというんで、まだ選出まえのことなんですが、今度の新決定では、事後のこととしてですね……」

「事実として選出された、にもかかわらずってことですね……」

「そうなんです。選出された事実を認めて、そのあとでの決定なんですよ。」

「理由はどういうんですか。」

「それはですね。大会の経過を通じて、新文学会が反党的なものに変質したからなんですよ。あの全経過から、それが明白になった。それですよ。ですから、党の中央委員たるものは、それは受けてはならぬというわけですよ。」

……（中略）……

「どうもわからないな……」

「どうしてわからないんですか。党中央委員の一人が、反党的大衆組織の中央部に参加するなんということは、それこそ考えられないことじゃないですか……」

「それアわからないですよ。それは……」といって、自分がいくらかなりテープ録音を意識し、てるらしいのを感じながら田村は続けた、「規約上は党規約違反だからですね。わたしはそう思う。それから理論的には、何ていうか、左翼小ブルジョア敗走主義とでもいいますかね。そんな言葉、あるかないか僕も知らないけれど、なにしろそんなふうに思いますね……」

「そんな馬鹿な……、全くの誤りだ。てんでわかっていない……」

……（中略）……

「……しかし何ですか、この新決定のほうはどうなります。田村さんとして、これには従うってことになりますか。」

「あれ……」といって田村はまごついた、「さっき言わなかったかな。言ったと思うけど……ですから、僕としては、それに従えない。従わない。わけがわからんから。こういうんですよ。」

「幹部会決定は蹴るってわけですね。」

「そうなんだ。でも、わざわざ『蹴る』っていわなくてもいいでしょう。しかし今聞いたかぎりでは、蹴ることは蹴るんです。ただ僕は、口下手だから、初めっからいってるように文書にしてもらって、受けとったそれをよく読んで、いろいろ研究して、その上でやはり文書にして正式に返事する。こうなりますね……」》（四十九章、傍点は引用者）

ここでは、党外大衆団体内の党グループ員が、前衛党と大衆団体の矛盾関係の中にあって、自らをどう律するかを巡って、まっ向から対立する見解が激突しているのである。二重になることを承知の上で引用すれば、日本共産党第八会大会規約第五十二条（党グループの規定）には、党グループは「大衆団体のなかで、その規約を尊重しながら大衆の利益を守って活動し、党の政治的影響を強める」とある。ここには、党グループ、党グループ員がかかえる矛盾を、いかに調和的に実現するべきかの問題をめぐって簡潔な定式が与えられているのである。田村は、日本新文学会の「規約」にもとづく正規の大会で、その役員に選出された。田村としては、自分の党内地位のいかんにかかからず、別しての事情（健康状態、その他）のない限りそれを受け、「大衆の利益を守って活動し、党の政治的影響を強める」べく活動するべきである。それは党が、当該の大衆団体をどう評価しているかとは関係のない問題である。そこに、田村にしてみれば「幹部会決定」に従うのは、「規約上は党規約違反」ということにならざるをえない。他方、津雲の論理は、党幹部会が「新文学会が反党的なものに変質した」と認めたからには、「党の中央委員たるもの」、その団体の役員を引き受けるべきでない、それが「幹部会決定」だという訳である。このでんで行くと、党幹部会公認の大衆団体以外は、「反党的なもの」とレッテルをはられ、排撃の対象とされかねないことにもなる。まさに党エゴイズムにたった機械的な、前衛党と大衆団体の関係調整ということであり、これこそ「日本のあるながれ」以外の何物でもありはしない。それは今日にまで尾を引きずっているというより、九〇年代の今日いっそう猖獗をきわめ、党の大衆的影響を減殺しているといえるであろう。

それは田村をして次のような感想を誘うところへと導く。

《「党利己心」という熟せぬ言葉が一時期党内で使われたことがあった。大衆の利益をこそ第一にしなければならない。人民の利益をこそ第一にしなければならない。労働者階級の利益をこそ基本的なものとして第一に注目しなければならない。それとちっとでも離れて、わが党の利益、共産党の利益ということを考えはじめたが最後とんでもないところまで誤りが進むのだ。

誤りは時には驀進《ばくしん》する。党利己心、党エゴイズムを克服すること、これこそがいちばんの大事なのだということをしきりにみんなが言ったり書いたりした。このことを、党利己的に言ったり書いたりした。そうして、党利己の癖だけが伝統的に残っちまった。今におき、それが本流で流れている。》（五十三章、傍点は引用者）

宣伝教育文化部長・津雲の田村榊に対する追及点には実は、もう一つあった。それは党外大衆団体である日本新文学会の大会に、「党側の出した『対案』」という奇妙なものの処理をめぐる問題である。

《「でも、あれでしょう。それはそれとしてですね。大会に党側の出した『対案』をば、田村さんが葬り去ったという事実はまちがいないでしょう。」

「だから言ったじゃないですか。大会に、そんなもの、出せませんよ。」

「冗談じゃないですよ。ちゃんと党会議にかけて、決定して、北山睦子さんなんかは反対の意志表明をしたじゃないですか。しかもあなたは、最後に決意を問われて、能うかぎり党に有利なように働こうといって約束したじゃないですか。」

「約束しました。約束はしたし、それは果たしましたよ。だいいち、文学者組織の大会に、党側、日本共産党が、日本共産党の『対案』を出すなんてことがどこにあるんですか。党規約違反じゃないですか。『党側のだした対案』、何のために党グループがあるんだ……」

「屁理屈ですよ、それは。あれだけ会議をして、幹部会決定に基づいて決定をして、党側としてはこの線で行くということになってプリントも会場で配られたじゃないですか。それをあなたは、そもそもの運営委員会（大会運営委員会）で握りつぶそうとした。しかもですよ、だれもまだ一言《いちごん》も発しないのに、第一番にあなたが発言して握りつぶし意見を出された。……他の運営委員全員が握りつぶそうとしたが、田村さん一人最後まで頑張ったというのなら話になりますがね、結果がどうあろうとも……それが、何ですか。非党員でさえまだ黙ってるのに、党中央委員のあなたが先きに立って口を切って、正規の党『対案』を葬り去ってしまった。大会にかけないよう、運営委員会の段階で早くも決定されてしまった。何ですか、それ。能うかぎり党に有利なように働こうといった約束はどうしたというんですか……」

田村は津雲の顔を見た。むらむらとなってくる自分の正しさを感じつつ、なんとなくここで失言しそうな危惧を感じる。あの腰越みたいに、ひどい言葉を口走ってしまいかねぬ。しかしおれは腰越じゃない……

「あんた、津雲君、君は何かとんでもなく勘ちがいしていやしませんか。僕が、能うかぎり党に有利なように働いて、それでもって、あの馬鹿げた問題をほんとに党に有利に葬り去ったことがあんたはわからないんですか。」

「わかりませんよ、そんなこと。わかるもんですか。正反対じゃないですか……」

……（中略）……

「私は約束しましたよ。君のいうとおりだ。そうして約束を果たした。とにかく、あれが、『対案』として出されることを、僕がまず口を切って押しとどめた。その結果、党が文学組織を、話にもならぬことを持ちだして分裂させてしまうってことを、とにかく公式に防いだんだ。わかりますか。てんでわかりませんか。北山、薩摩、高田、その他何人かは反対しましたよ。あの会議で、反対意志を前もって明瞭に表明していた。私はそれをしなかった。それを君は、卑劣だとか卑怯だとかいうんでしょう。大会本会議で、日本共産党の分裂策が公式に持ちだされて、それにたいして党員作家が二手にわかれて、一方は分裂主義、他方は分裂主義反対で公然対立抗争するというところへ行かずにすんだ。僕に感謝する気持ちになりませんか。

　そんなことよりも、僕は、何が何でも上程されたとなったらどうするか、賛成か、反対か、それぞれの意志をあらかじめ表明しろといった幹部会の――幹部会のかどうか、ほんとのところは知りませんがね。とにかく君たちはそう言っていた。――その幹部会の罠にかからなかったというまでですよ。僕の言いたいのは、僕はそのほうをむしろ主張しつづけてきたのだが、あの馬鹿げた意見が動議として成立しないということだったですよ。津雲君にしても、それを否定することはできぬでしょう。意見がじゃない。意見なら、馬鹿げていようがいまいが意見でありえる。僕のいったのは、あの馬鹿げた意見を『対案』というものに仕立てあげて、それを本案にたいする『対案』として上程させて、つまり二つを対置してみせて、両者にたいする、賛否を本会議で問おうとした策謀にたいして反対したのですよ。正直いって……」》（五十章、

傍点、カッコ内は引用者)

日本新文学会をモデルとしているのはいうまでもない。事実、新日本文学会の第十一回大会は、作品中の日本新文学会第十一回大会と同じく、一九六四年三月二七~二九日に開かれた。右のいささか長きに渉つた引用の中に出てくる津雲と田村の論点の対立にみられる津雲たち党を代表する部分のやり口は、新日本文学会の歴史の上でも、洵に奇怪至極なものであった。新日本文学会の役員会が、あらかじめ大会方針を提示する。『アカハタ』が毎日のように、この方針批判のキャンペーンを繰り返す。党中央委幹部会は、新日本文学会の大会方針に反対であるから、党グループ会議に対案を出させようとする。しかし党グループの会議はそれを拒否した。すると、得体の知れない連中をふくむ「新日本文学会のための党懇談会」なるものを招集した。作品中、もう一方の主人公、津田が田村に問い詰めたように、「つまり、正規のグループじゃむり押しできないんで、俄かづくりの別の会議をつくって押し切ろうとした」(二十一章) わけである。これが、新日本文学会第十一回大会における「日本共産党の『対案』」問題であるが、田村の中野は、そんなものを党が出すことそれじたいが「党規約違反」であり、同時に、その「対案」を正式の議題にとりあげれば、党が文学組織を分裂させることにもなりかねないという理由で、その「対案」が、大会本会議に公式に持ち出される一歩手前のところで防いで、文学会大会の分裂を回避して、党の面目をも救ったということなのである。これに対して津雲は、党中央委員でもある田村が、「正規の党『対案』」を葬り去ったことを詰《なじ》るばかりである。ここに論点のかみ合いはない。

右のことは一般には実にわかりにくいことなので、ここで中野が後日、新日本文学会第十一会大会にふれて、哲学者の野田弥三郎の誤解をとくという形で書いているところがら引用しておきたい。すなわち、野田は、『新しい路線』一九六四年十一月二三日号に、「愚民化へのギャロップ——文化人党員十氏の除名によせて——」という一文を寄せ、その中で、「もしもわれわれが、今年になってひらかれた新日本文学会の大会……でも傍聴する機会をもつならば、フラク会議の決定にもとづいて行動する一部党員の組織された言動に、耳目を掩いたくなるような情景を見せつけられるのである」と述べたが、これに因んで中野は、『日本のこえ』六四年十二月二三日号にこう書いたのであった。「……野田氏の言葉でみると、新日本文学会の大会での『一部党員の組織された言動』、その『耳目を掩いたくなるような情景』が、『フラク会議の決定にもづいて』いたもののように受けとれるが、そんなことはなかったのである。新日本文学会の大会について新日本文学会の党グループ会議は——フラク会議といわないでグループ会議といっていたが——そんなべら棒な決定なぞしていないのである。あの総会屋のような一部党員の行動は、党グループ会議の『決定にもとづかない』で、党グループ会議の経過内容から『独立』に組織されたのであった。これは、代々木にいる人たちをも含めてここではっきりさせておきたい。／むろん、書記局の方から、書記局の方針を強引に押しだせという強い要求はあった。モスクワ部分核停条約に反対しろとか、文学会幹部会のつくった一般報告に対抗する『対案』を出せとかいう要求はしたたかにあったけれども、グループ会議はどこまでもそれをはねつけてきていた。核停問題は、グループではまだ討議中であり、まだ結論へ行っていなかった。いわゆる『対案』については、『対案』を出すことにグループは『反対』であり、また案そのものがそもそも『対案になっていない』ことを認めていた。これは、文学をやってきた、また文学を仕事としている党員および党機関として、当たりまえのこと、当然至極のことであった。そこで書記局は、グループ会議を強引に引きまわすことをあきらめて、大会前に一種特別の会議を組織した。文学に関係のない人間をかき集めて、新日本文学大会のための党懇談会といったものをつくって、そこで『対案』問題を『決定(?)』したのである。念を押しておくが、正規のグループメンバーは、これがグループ会議でないこと、これがグループ会議の決定でないことの確認の問題を出して、これは確認されたのである。それだから、たとえば私の除名理由などのなかにも、グループ会議の決定にそむいたとか、党の正規の機関の決定にしたがわなかったとかいうようなことは、さすがの代々木の代官たちも書けなかったのである。」(「『一つの事実』について」、全集⑮)

中野がいっているのは、党幹部会ないし、その意を承けた党書記局が、党規約違反を犯したということなのである。作品の上でのこととしていえば、津雲は盛んに幹部会決定をふりまわす。これに対して田村が、そんな決定に従えば、自身党規約違反を犯すことになると言っている所以は、まさにここにある。

2　党フラクション、党グループについて

最前、栗原幸夫の文章を引用して、わたしは問題提起のきっかけとしたのであったが、その中で栗原は、中野が書きたいといった「日本のある流れ」について、就中こういつていた。それは、「小林多喜二の死に帰結したような、日本の革命運動のなかに流れている『ある流れ』、しかも圧倒的に支配していた一つの傾向を指しているのではないだろうか。」と。

小林多喜二が、スパイ三船留吉の手引きによって逮捕され、築地署に送られて、警視庁の特高の残虐をきわめた拷問で虐殺された事実は、よく知られている（三三年二月二〇日）。栗原もこのことを否定しているのではない。だが同時に、その「死に帰結したような、日本の革命運動のなかに流れている『ある流れ』」を、今日批判的に分析しなければならないということなのである。

作品『甲乙丙丁』にそくしていえば、津田貞一は、一九三五年か六年の折、市ヶ谷駅近くのとある空間で、姓名判断の男が、蟇目達三郎の死を材料にして口上を述べているのに出交し、そこでこんな感想が寄せてくるのであった。

《蟇目の殺されたことは許されてはならない。これを許してはならない。転向も許されてはならない。しかし事がらをそこへ導いたもの、津田たちの当時のやり方そのものの検討をそのこ

との陰にかくしてしまってはならない。埋めてしまってはならない。津田だけでいえば、津田が二度三度持ち出して受けつけられなかったこの問題は、決してずるずるに――それは体よくということだろう。――引き延ばされてはならない。》(三章、傍点は引用者)

同じ姓名判断の男による蟇目の死を材料にした口上、それにたいする回想は、二十四章にも出てくるが、これがフィクションであるにしても、暮目達三郎が小林多喜二をモデルにしているのは直ちに寄せてくるところであろう。蟇目の名は、他にも十数回登場させられている。しかし、「日本のある流れ」との関連でいえば、二十六章以降の作品世界を支配している田村榊にそくしては、運動のあり方の責任が、こんな風に回想されるのである。「警察での蟇目の死は、吉野、喜美子たちの側との反対の側から屋代(鹿地亘)を責めることにもなった。そしてそこをほんのもう少し探ってみれば、蟇目の殺されたことも入れて、運動のその前段階を用意した田村たちの責任が引きだされてくるはずでもあった。」(二十七章、傍点は引用者)

右二つの引用にある「津田たちの当時のやり方」「蟇目の殺されたことも入れて、運動のその前段階を用意した田村たちの責任」とは、作品『甲乙丙丁』中にリフレーンのように出てくる三〇年、三一年からの文化運動方針の問題以外にない。それは例えば、病床の田村榊の回想として、こんな風に想起される。

《実際それは、事をそこまで追いこんで行ったについては、三一年秋の、「ボリシェヴィキー化」方向が基礎にあったにちがいない。しかしさらにその基礎には、その前の年、一九三〇年の、「左翼プロレタリア芸術家の基本新任務」があったにちがいない。そしてそれについては、田村にも責任があり、同時にいくらか許されるところがある。しかしそれは、田村本人がそう思っているのに過ぎぬだろう。

「左翼プロレタリア芸術家の基本新任務」の原稿は作家団体の常任委員会に提出されたものだった。常任委員会は野村均の家で開かれていた。原稿を提出したのは田村榊だった。田村は佐藤からそれを受けとってそこへ持って来たものだった。それなり佐藤は、秘密にプロフィンテルンの会議のためソ連へ行った。……

原稿の中身は、プロレタリア芸術運動の働き手が共産主義方向を取るべきことを訴えたものだった。それは簡略に、論文というよりも箇条書のようにして書かれていた。》（三十九章、傍点は引用者）、

《あの「ボルシェヴィキー化」、それから文化運動の全国中央部の組織、云々》（同）

ところが、田村とちがって、吉野や佐藤は、この「日本のある流れ」に対する批判的検討に手を染めようとはしない。むしろ、いやがるのだ。「さかのぼって、一九三一年の文化団体組織の問題がそうだろう。あの問題のさかのぼっての解決、それの妥当な解釈をさえ佐藤たちは『やりすご』してしまっている。あすこにあった、あったかもしれぬ一種の解党主義に近い考え、あれに手をつけるのをどうしてそれほどいやがるのか……（中略）……彼ら（吉野、佐藤）は、どうかすると座ぶとんの上に座っている。」（三十四章、傍点とカッコ内は引用者）

右三つばかりの引用中に出てくる一九三〇年の「左翼プロレタリア芸術家の基本的新任務」が、蔵原惟人が佐藤耕一の名前で書いた「ナップ芸術家の新しい任務――共産主義芸術の確立へ」（『戦旗』三〇年四月号）をモデル的素材としており、「文化運動の全国中央部の組織」＝「一九三一年の文化団体組織の問題」が、同じく蔵原惟人の「プロレタリア芸術運動の組織問題――工場農村を基礎としてその再組織の必要」をきっかけにして問題化してきた「プロレタリア文化聯盟」（略称、コップ）の結成（三一年十二月、結成大会は極度の非合法的状況の下で開かれることなく、機関誌『プロレタリア文化』の創刊をもって結成の目安とした）をモデル的素材としているのは、いくらかでもプロレタリア文化運動に関心をもつ人には直ちに明かであろう。また、佐藤が秘密裡に出国・出席した「プロフィンテルンの会議」というのが、一九三〇年八月一五日から三〇日までモスクワで開かれたプロフィンテルン（コミンテルン翼下の赤色労働組合インタナショナル）第五回大会であるのはいうまでもない。中野は、これらの歴史素材をフィクションのなかに活かしたということなのである。

そこでここでは作品『甲乙丙丁』を、いったんはなれて、歴史素材そのものの検討を試みておきたい。とくに党外大衆団体内の党機関である党フラクション・党グループが考察の中心となるはずである（日本共産党は、戦前ならびに敗戦直後は党フラクションといっていたが、一九四七年十二月の党第六回大会以降は党グループと呼ぶようになった）。

先にもあげた蔵原惟人の「ナップ芸術家の新しい任務」（『戦旗』三〇年四月）は、「共産主義芸術の確立へ」という象徴的な副題をもつ。それによれば、三・一五事件（二八年）の直後に日本プロレタリア芸術連盟（プロ芸）と前衛芸術家同盟（前芸）の合同によって結成された全日本無産者芸術連盟（ナップ、五月に機関誌『戦旗』を創刊）は、「わが国プロレタリア芸術運動の中心の確立」を意味し、作家たちは「プロレタリアの大衆闘争」を描いて来た。しかし、いまやそれだけでは足りない。われわれの自己批判の要点は、「社会民主主義的観点からハッキリ区別さるべき明確な共産主義的観点の欠如ということ」である。そして、われわれは「『プロレタリア芸術家』としてではなく、真実のボルシェヴィキー的共産主義的芸術家」とならなければならない。「そのためにはわが国の前衛が如何に闘いつつあるかを現実的に描き出すことが必要である。」「例えば我々があるストライキを描くにしても、我々に必要なのは、ストライキの外面的事件の単なる報告ではない。それ等の外面的事件の描写の中に、そのストライキが何ものによって如何に指導されたか、その指導と大衆との関係はどうであったか、それの成功或いは失敗は何によって喚び起こされたか、このストライキはこの国の革命運動に於いて如何なる地位を占めているか、と云うことを客観的に、しかも具象的（芸術的）に描き出すことの必要だった。」（引用は、三一書房版の『日本プロレタリア文学大系』によるため、初出時にあった伏字は起こされ、現代仮名使いとなっている。以下同）。――「芸術運動のボルシェヴィキー化」「共産主義芸術の確立」が、ここに要求された訳であり、その創作活動における実践の典型例が小林多喜二の『党生活者』であるのは、よく知られている。『甲乙丙丁』に、ちょっと戻れば、中野は主人公、田村の反省を、三十九章に概括している（引用は後論で）。

蔵原惟人は、かくて三〇年五月日本を脱出、プロフィンテルン第五回大会に出席、翌三一年二月、その諸決議をもって秘かに帰国した。そして、三一年三月一一日の日付をもつ蔵原の論文「プロレタリア芸術運動の組織問題」（筆名、古川荘一郎）は『ナップ』六月号に掲載された。この執筆から印刷・発表までの時間的落差は、ナップ指導部のこの論文の取り扱いをめぐっての逡巡を物語る。一方蔵原は、当時党の風間指導部の路線にそって、ナップ構成の各芸術同盟のなかに党フラクションを組織し、党の統一的指導体制の確立につとめていった（栗原幸夫『プロレタリア文学とその時代』参照）。

この蔵原「組織問題」の線にそって、ナップは、プロレタリア芸術聯盟（コップ）へと組織替えされて行く訳であるが、それがどんな風にかは、蔵原論文の副題が「工場農村を基礎としてその再組織の必要」となっているところに、ここでも象徴的に示唆されている。蔵原によれば、ナップ所属の各同盟が、「昨年（三〇年）春の大会に於て一斉に『共産主義芸術の確立』『芸術運動のボルセヴィキー化』の新しい方針」を採用したのはよかったが、「しかし、方針の問題は常に組織の問題」であり、「もし芸術運動の方向のみをボルセヴィキー化し、共産主義化して、組織を問題としないならば、我々の影響は結局唯イデオロギー的影響にのみ止まる」ほかはない。そして蔵原はいう。「組織をボルセヴィキー化しうるものは、唯共産党あるのみである。」「芸術組織のあらゆる会合を利用して、ブルジョア制度を曝露し、社会民主主義の反動を説明し、左翼労働組合及び共産党を宣伝することは勿論、芸術団体を企業内の日常闘争、各種カンパニアに動員し、組合文書の配布を助け、労働者の日常的不平不満を激成して、ストライキの準備と遂行とに積極的に参加すること等は、企業内に於ける芸術組織の日常の仕事とならなければならない。又これ等の活動を通じて、自己のメンバーの優秀な一部、或は殆ど全部を救援会、反帝同盟、及び特に左翼労働組合（全協）に組織してゆくことは、これ等の芸術組織を指導してゆく者の重要な義務である。」（傍点は引用者）

　つまり工場内の芸術組織を、当時非合法の日本労働組合全国協議会（全協）のメンバーの〝狩り場〟にしようとした訳である。『甲乙丙丁』にもいわれているように、一九三一年は、プロレタリア文化運動の決定的な転換の年であった。それまでは専門家の組織であった各文化団体が、「企業農村を基礎として」大衆組織へと転換していったのである。しかも、その内実は、栗原幸夫の概括をもってすれば、「党の線とプロレタリア文化運動の線は、呼応するかたちで、ともに『多数者獲得』に向って進むことになった。蔵原は芸術・文化運動が、このような『多数者獲得』（じつは党員獲得）の任務を遂行するために、工場・農村に広汎なサークルを結成する必要があると主張し、さらに、このような大衆的な文化運動を専門的な分野をこえて統一的に指導する機関として、『日本プロレタリア文化聯盟』を結成することを提唱した」（「『生江健次予審訊問調書』への「解説』」、『運動史研究』第3号、傍点は引用者）のであった。

　コップとは、凡そかかるものとして結成され、翌三二年春には大弾圧（その意味については後述）によって崩壊の方向をたどるのである。

右の引用で栗原は、「党の線とプロレタリア文化運動の線」の呼応についてふれている。では「党の線」とはどのようなものであったか。

日本共産党は、周知のように一九二二年結党され、その後の解散決議、コミンテルンの介入による再建をへて、二八年二月の選挙にさいしては、日本人大衆の前に公然とその姿をあらわすところとなるが、その直後の三・一五と、翌二九年の四・一六の二つの大検挙によって（中間検挙もふくめて）、思想と運動の面にわたる経験をへた指導者を殆ど獄中に奪い去られるにいたる。そして、四・一六以後その壊滅にいたるまでは若い経験のとぼしい指導者たちにより、大まかにいって三つの新中央委員会時代（田中清玄時代、風間丈吉時代、山本・野呂・宮本・袴田時代）を閲するところとなるが、検挙・弾圧によってそれぞれの間は数カ月の空白期によってへだてられ、人間のつながりも殆ど絶無の形で経過させられる。

ここでの問題が、風間時代といわれる、三一、二年であるのはいうまでもないが、それが日本の近代史にとってどういう年月であったかは年表をひもとくまでもなく、経済恐慌と農業危機の進行、さらにそれに衝迫された中国への侵略戦争の開始という事実で際立った年代であり、このことを象徴して「非常時」共産党時代ともいわれている。ただ、この当時、とくに資本主義の全般的危機の「第三期」がいわれ、労働者階級の「多数者獲得」のために「社会民主主義

＝主要打撃」論（一九二九年のコミンテルン第十回プレナム以降は社会ファシズム論）が盛んに叫ばれていたのは、それがコミンテルンの方針のそのままの持ち込みであるのと併せて、以下の論述の理解のために念頭にとどめていただけると有難い。「第三期」論・「多数者獲得」論・「社会民主主義＝主要打撃」論の三位一体ということである。

　右を前提に風間時代、「党の線」からまず「党の大衆化」ということがいわれた。たとえば三一年五月一七日付の『赤旗』は、「大衆的活動方法への転換に依って極左宗派主義の最後的清算へ！」なる論説をかかげ、就中、こう述べていた。「我々が一人二人の同志をコソコソと、探し廻って行くといふ様な方法をとってみる限り我々の大衆化は不可能であらう。大衆を我党の政策の下に動員し、その過程に於て大衆的に共産党へ組織し、訓練して行く事――そして、その事は現在可能である――これこそ最もよき党拡大強化の方法であり、極左宗派主義との完全な絶縁である。」（三一書房版『復刻版・赤旗』第一巻より引用。傍点は原文）――「党の大衆化」とは、党員の大量獲得を意味するもの以外でない。これが「党の線」である。この「党の線」は「プロレタリア文化運動の線」に、どういう木霊を誘い出したか。

　蔵原の「組織問題」に呼応して、コップ結成の方向が漸く具体化しはじめていた頃、つまり三一年九月二一日の『赤旗』に、「文化活動により一層の関心を」という記事（投書らしい）が載った。いわく「自分は此処で文化活動の重要性に就てそのコミンテルンやプロフィンテルンの決議を引用しない。それは既に分っていることだ。工場、農村、官庁等に於ける我々の文化教育組織は、そこから組合や同盟や党の新しいメンバーを獲得するための貯水地《ママ》であり又それを通じて党や同盟や組合がその大衆的政策を実行するための伝導体ともなり得べきものである。」（引用は同前、傍点は引用者）

ここで「貯水池」「伝導体」などの表現に留意しておいていただきたい。それが後述、有名な「伝導ベルト」の理論を下敷きにしているのは明かだからである。

では、当時、党の最高指導部会は、コップ結成の意義をどんなところに認めていたか。党委員長、風間丈吉は、警視庁のスパイ松村の策動により、一九三二年十月三〇日に逮捕されたが（十・三〇事件）、以後、十一月二〇日から翌年三月一四日にかけて獄中手記を執筆するところとなる。この時、風間は、なお非転向であり、いわば党委員長として書いているのである。その中で風間は、こういっている。

〈反帝同盟でも、文化聯盟でも、それが大衆団体としての立場から色々な問題を決定して活動を展開して行くことは必要であり、かつ正しいやり方である。けれども大衆団体内にいる党員は大衆団体として活動する範囲内に自らの活動を制限してはならない。それは誤りである。大衆団体の大衆的活動の展開中に自らを階級闘争における有能な闘士として示した人々を恐るることなく党組織に入れなければならぬ。現在の日本の如き条件の下では大衆団体内のフラクションまたは党員はそれぞれの大衆団体内で新党員を獲得して行かねばならぬのである。でき得るならば工場細胞を作ってゆかねばならぬ。自分らは大衆団体の活動を大衆団体それ自体としての範囲で指導して行けばよい、党員獲得の仕事は党組織の仕事だからそれは組織部に一任しておけばよいという考え方は全く誤りである。なるほど党組織部は党員採用の仕事もやるが、それだけではなく、いかにしてプロレタリア、農民の大衆闘争を組織するか、そしてその過程でいかなる組織的活動をなすべきか、党組織自体に改良すべき点はないか等々のことを主として掌るものである。新党員を獲得する仕事はすべての党員の任務である。これを忘れることは全く誤りである。文化聯盟および反帝同盟内の党員はそれぞれ大衆団体としての活動を続けて行くことによって工場農村にその組織を拡大すると同時に新党員を獲得し、党細胞を作って行くべき任務を有するのである。少なくとも現在の日本の党の情勢ではこのことが必要なのである。〉（風間丈吉『「非常時」共産党』、傍点は引用者）

蔵原が「プロレタリア芸術運動の組織問題」で、それを一応は合法的な誌上に発表した関係もあって、いくらか曖昧に語ったところが、ここでは掛け値なしの本音で語られているのである。それと右の風間の論述で、党フラクションと、党細胞の区別がはっきりしていないことについても、後の問題との関連で指摘しておきたい。

そこでコップ内党フラクションの問題であるが、私（ないし私たち）は、栗原幸夫によって「解説」がかかれ、『運動史研究』第3号に印刷・発表された生江《なまえ》健次の「予審訊問調書」で、その全貌を知ることができる。生江は一九三〇年暮ないし翌年一月に入党、プロレタリア劇場同盟（プロット）に属し、芸術組織のなかに党フラクションを建設する仕事をしていたが、一九三二年三月、コップにたいする大弾圧によって逮捕され、転向して予審に応じ、すべてを洗いざらいしゃべってしまったのである。そして、私たちがそのような官憲側の文献に依拠しても研究しなければならぬという事情をも、ここでは確認しておきたい。いま生江「予審調書」から、コップ内党フラクションが、その固有名詞をもふくめて、どう組織されていったかを検索することは容易でもあるが、ここにはふれない。それについては識者が、この公表された「調書」を御参看願いたい。ただ、ここでは党とコップとの関係、とくにコップ内党フラクションについて一般的に語られた、予審判事安斉保との一問一答を、第八回訊問調書（一九三〇年九月二〇日）から引用しておく。

〈四問　コップト党トノ関係ハ

答　組織的関係ハ全然アリマセヌ

然シ今迄述ヘタ通リコップノ結成ハ明カニ日本共産党ノ指導ニ依ッテ作ッタモノデアリ従ッテコップカ党ノアヂプロ活動合法的場面ヲ担当スル為メニ結成サレタモノデアル事ハオ互ニ明瞭ニハ論セラレタ事ハアリマセヌカ少ナクトモコップ結成ニ中央協議会フラク会（コップ中央協議会フラクション会議）テ活動シタ者ニハ云ハズ語ラスノ内ニ判ッテ居ルノデアリマス

五問　指令等ノ関係ハ什《ど》ウナッテイタカ

答　党カラ直接コップニ対シ指令等ヲ与ヘル事ハ全然アリマセヌカ然シ党ハコップ諸機関並ニ各加盟団体内ニ党フラクションヲ作リ之等ノフラクノ活動ニ依ッテ党ノ方針ニ従ッタヤウナ、

活動ヲ取ラセル様ナ方法ヲ取ッタノデス〉（傍点は引用者）

ここでは、（1）合法的な党外大衆団体であるコップが「党ノアヂプロ活動」を「合法的場面」で担う目的をもってつくられたこと、（2）党の指導がコップ諸機関、加盟団体内の「党フラクション」を通じて貫かれていたことが、はっきりと語られているのである。前衛党ないし前衛党員は、大衆が或る目的をもって自ら自主的な規律をつくりだし、組織に結集して大衆運動を形づくろうとする際には、これを大衆運動の論理にしたがって積極的に援助し、そのことを通じて党への信頼を克ち取るのが本筋であるのに、これでは発想が全く転倒させられているといわなければならない[注]。

（注）「生江健次予審訊問調書」を卒読すると驚くべきことに蔵原、生江たちがスパイ松村こと飯塚の直接の「指導」下にあったことが明かである。このことの意味については後述。

しかし、党フラクションに対する以上のようなセクト的な理解は、国際共産主義運動内部の常識にもなっており、それに支えられていた。

一般の若い読者のためにことわっておくが、ロシヤ革命以後の国際共産主義運動は、モスクワ中心の共産主義インタナショナル（略称、コミンテルン、一九一九年に結成）という全世界的な単一組織に結集させられていた。単一世界党といってもいい。そこではロシヤ革命を外延的に押し拡げて世界革命に至りつこうと発想されていた。日本共産党も国際共産党の日本支部以外でなかった。戦前非合法時代の『赤旗』（戦前は「せっき」と読まれていた）が、国際共産党日本支部日本共産党中央機関紙を称していたゆえんである。この国際共産党は極度に中央集権主義的な組織であり、各国共産党の戦略・方針などもコミンテルンの承認を不可欠としたのである。そういう組織に先進的労働者や知識人が結集しえたのは、いまでは一寸考えにくいが、ロシヤ革命の影響、ソヴェト連邦の威信と、それに対する希望、期待が、このことを可能にしていた。各国共産党の組織のあり方——端的にいえば規約——も、コミンテルン統制下にあった。そんな訳で党フラクションのあり方も、国際的に共通していたのである。

たとえば、一九二五年五月四日、コミンテルン執行委員会組織局によって承認された「共産主義インタナショナル諸支部の模範規約」というのがあるが、そこでは党外大衆団体内の党機関である党フラクションについて、こんな風にいわれていた。

〈**第四九条** すべての組織、すべての党外労働者農民の機関（労働組合、協同組合、教育団体、スポーツその他の団体、在郷軍人団、工場委員会、失業者団体、大会および会議、自治体議会および国会）内に、すくなくとも二名以上の党員がある場合は党フラクションを組織して、党の影響をつよめ、党外組織における党政策の実行をはからねばならない。

第五〇条 フラクションは、党外組織における党の機関である。それは、完全な機能をもつ自立的な組織ではなく、所管の党指導部に下属する。……〉（引用は、第四九条については山辺健太郎が『前衛』三二一号に訳出・紹介したものから、第五〇条は村田陽一編訳『コミンテルン資料集』

第三巻から。何れも文脈をとりやすいという配慮からそうしたが、村田本には重大な誤植もある。傍点は引用者）

　先に私は、Ⅳの１において、日本共産党第八回大会規約の党グループ規定のところを紹介しておいたが、そこでは党外大衆団体の被選出機関に三人以上の党員がいるばあいには、党グループを組織しなければならず、党グループは、当該大衆団体の規約を尊重しながら、大衆の利益をまもって活動し、併せて党の影響を強める方向で働かなければならないとされていた。ところが、コミンテルン段階での「模範規約」では、党フラクションの規定が、これと根本的にちがっているのである。つまり、（１）第一に、〝党外大衆団体の被選出機関に三人以上の党員がいる場合は党グループをつくる〟というのでなく、ただ党外大衆団体に三名以上の党員がいる場合は党フラクションを組織するとなっており、（２）第二に、党フラクションの仕事は、党外組織において党の影響を強め、党の政策を実行するとなっていて、極めて、一方通行的なものであった。コップ内の党フラクションが、この考えに準拠していたのはいうまでもない。

　さらに、一九二六年五月一一日づけの「労働組合における共産党フラクションの組織と構成にかんする決議」（コミンテルン執行委員会）では、つぎのようにいわれていた。

〈労働組合またはその機関（執行委員会、協議会、大会その他）のなかにいる共産党員はフラクションを構成し、積極的なフラクション活動をしなければならない。

　共産党フラクションは、組合員の大多数を彼らの影響下に獲得するべく勢力的に活動しなければならない。〉（ジェイン・デグラス編『共産主義インタナショナル（一九一九〜一九四三）ドキュメント』第二巻、オクスフォード大学出版部）

基本的な考え方は、「模範規約」と全く同じである。すなわち、党フラクションは、労働者階級の多数者を社会民主主義指導者の影響下から切り離し、共産党の周囲に結集しなければならないとする「多数者獲得」戦術の手段として位置づけられ、「組合員の大多数を彼らの影響下に獲得すべく勢力的に活動」することを義務づけられているのである。生江健次が「予審訊問調書」で述べている党フラクション論は、まさにこの考えに立っていた。かくて党フラクションは、大衆運動を援助し発展させるために、党が大衆組織のなかに浸透して行く組織形態ではなく、「党の影響」をストレートに確保するための道具だて以外でない。

こういうフラクション論から、いわゆる「伝導ベルト」の理論なるものも生み出されてきた。それによれば、党中央委員会がモーターであり、大衆組織が工作機で、この大衆組織内の党フラクションを確立することを、党が「ベルトをかける」と称した。ヨシフ・ピアトニッキーの有名な〝古典〟である『組織問題』をみると、「党とそのフラクションとの関係」図というのがかかげられていて、党中央（ないし各級委員会）から大衆組織のそれぞれのレベルの機関にベルト（党フラクション）がかけられているのである（ヨシフ・ピアトニッキー「組織問題」、『生誕五十年記念ピヤトニツキー論文集』、労農書房、一九三二、参照）。こういう機械的な理論では前衛党と党外大衆団体との有機的な結びつきと、相互の協力を前提とした相互の浸透関係の問題などとらえられはしないのだ。

実際の国際的な運動史のなかでは、この「多数者獲得」戦術と党フラクション＝ベルト論は、社会民主主義＝主要打撃論ないし社会ファシズム論と結びついて、労働者階級の統一をではなく、その分裂を次々に招来するところとなった。それが一九三〇年代におけるドイツ・プロレタリアートの失敗の組織論的な根因をも形づくったことはいうまでもない。それは「日本のある流れ」とも通底する。他方、ファシズムの抬頭と戦争の危機の深まりは、不可避的に労働者階級の前に統一の課題を提起し、フランスなどでは下からの統一の動きが胎動しはじめていた。そうしたなかで共産主義者は、今度は、同じく経験主義的にフラク否定論に転化してしまうのである。すなわち、フランスでは共産党のCGTUは、CGTとの合同（一九三六年、トゥールーズ大会）に際し——実際には、これはCGTUのCGTへの吸収であったが——、共産党は組合内にフラクションまたは細胞をつくらないこと、および組合幹部は、政党の役職を兼任してはならないこと、などの条件を承認せざるをえなかった（久坂文夫「プロフィンテルンの思想と行動」、津田・野村・久坂著『現代コミュニズム史』上、参照）。そして「統一」のかげに、党フラクションそのものを原則的誤謬とする傾向も一般化して行く。

ここで再び日本共産党の問題に戻らなければならない。今度は敗戦後の問題である。国際的には、党フラクション＝伝導ベルトの理論の破綻は、すでに明かであった。しかし、敗戦後の日本共産党は、いわゆる獄中十八年組（徳田球一、志賀義雄ら）のイニシアチーブによって再建された。彼らに「統一戦線運動」の経験はなく、その認識には旧い党フラクション論が、なお生きていたと考えられる。そこに大衆運動における党フラクひきまわしということも結果し、それが今度は「フラク排撃」を誘発して、大衆運動の分裂の一因をつくったというのが、今日では戦後労働運動史の常識となっている。

ここに例えば、党第五回大会（一九四六年二月）の規約について見てみよう。

〈第四十条　すべての労働組合、農民組織、青年組織、協同組合、文化団体その他の大衆組織において、三名以上の党員が存在するところでは、党フラクションが組織される。その任務は党勢力の全面的強化および非党員間における党政策の遂行にある。……

第四十一条　党フラクションは当該党組織、中央委員会、地方および地区委員会に従属する。一切の問題に関しフラクションは指導的党機関の決定に厳密かつ不断にしたがう。〉（傍点は引用者）

これが最前紹介したコミンテルンの「模範規約」と瓜二つであるのは直ちに了解されるであろう。

明かなように、ここでは「大衆組織において、三名以上の党員が存在するところには、党フラクションが組織される」という規定が採用されている。『甲乙丙丁』の現在時点における規約とちがって、ここには「大衆団体の被選出機関に」という限定がない。これで行くと、ある労働組合に組織されている党員の全員が党フラクションのメンバーということになってしまう。

そうすると、日本の場合、経営細胞と組合フラクションは、メンバーのうえでそのままダブることにもなりかねない。事実、敗戦直後には、そのような形での指導がなされていた。いま、このことを裏がきする証言をあげれば、一九四六年五月一一日の『アカハタ』に載った保坂浩明の一文は、この関係を、まことに端的にこう語っていた。

〈大衆団体内の党員はフラクを構成する。組合内の党員は組合フラクションを構成する。経営内の党員は細胞の一員であると同時に、経営内にソシキされている労働組合のフラクションの一員である。一人の党員は細胞の一員であると同時に経営内の組織されている労働組合フラクの一員である。〉

ここでは、大衆団体内の全党員がフラクションを構成し、経営細胞と組合フラクションは、メンバーのうえで全く同一であるという関係が確認されているのである。

また、当時の書記長、徳田球一は、四六年八月二一日の『アカハタ』に発表した「細胞は一切の基本的武器である」という論説において、フラクションが上から下へと指導される関係をつぎのように強調している。

〈党の機関は、中央委員会から、地方・地区・細胞にいたる線と、フラクションの中央から、地方・地区・細胞にいたる線と、両方なければどうしてもよくない。〉

明かなように、党の指導系列は、中央委員会↓（各級機関）↓経営細胞という線と、中央委員会↓（フラクション）↓経営細胞という線に二重化されていた。それならば、なぜこのような二重の指導系列を必要としたのか。同一経営内の党員が、ある場合は経営細胞として地区委員会につながり、ある場合は組合フラクションとして地区フラクションに結びつくというようなことが、なぜ必要とされたのか。この点を徳田は、第五回大会への規約改正報告において、つぎのように説明している。

〈規約の改正と関係しているので申上げますが、経営内の細胞は労働組合のフラクションのみにぞくして、その指導だけを受ければよろしい、地区委員会および地方委員会との指導関係は停止してもよい、というような意見が少し起っているようでありますが、これはきわめて重大なるあやまりで、労働組合主義に陥っている偏向であります。各大衆団体のフラクションは、大衆団体の活動の範囲において、これを指導し、組織するという任務があるのでありまして、一般的な、全体としてできない活動、とくに政治的場面における活動は、すべて細胞を中心にして、地方委員会・地区委員会が指導するのが本筋であります。このことを忘れるとフラクションの任務、地方委員会・地区委員会の任務を混同するのであります。細胞は労働組合運動ばかりするのではありません。食糧問題にかんしては食糧打開の運動をしなければならない。……総選挙においては、各地区を基準として、選挙のための運動をしなければなりません。その他政治運動においてもすべて地区委員会の指導のもとに活動しなければ、非常なるあやまりを犯すのであります。〉（『前衛』第四号）

右徳田の考えによれば、中央委員会↓（フラクション）↓経営細胞という線では、「大衆団体の活動の範囲において、これを指導し、組織する」ことを行ない、中央委員会→（各級党委員会）→経営細胞という線では、選挙闘争その他の「政治的場面における活動」に参画することが要請されているのである。別のいいかたをすれば、二つの指導系列が、その機能によって振り分けられ、そのうえで一番てっぺんと一番下部組織で統一されていたということになる。しかし、このようにその指導系列を頭のなかで機能的に振り分けてみても、実際の経営細胞にしてみれば、そこでは二つの指導系列がつながってきて、そこから混乱も出来《しゅったい》しかねない。そこで小山弘健もいうように、「それは一方で、細胞の独自的存在や活動をよわめ、あるばあいには細胞がグループ（フラクション）へ解消されて後者が党から独自の力をもってしまう作用をし（解党主義）、他方では、グループの過度の政治活動による大衆団体の政治団体化・大衆団体の政治的ひきまわし・大衆団体としてもつ一定の独自性の抹殺によるセクト化などをひきおこす原因となった」（『戦後日本共産党史』、カッコ内は引用者）のである。

以上のような党フラクション政策の弊害は、一部の人びとによって当時から問題にされてはいた。（注）そして四七年十二月にひらかれた党第六回大会の改正規約では、党フラクションが「党員グループ」という言葉におきかえられるとともに、「大衆団体の中の党員グループは、その団体の規約の制限の中で活動しつつ党の影響をその団体の中につよめ、模範的積極的活動によって団体員の信頼をえなければならない」（第四十九条）などの新しい明文も盛り込まれたが、しかし、「大衆団体の中に三名以上の党員のある場合は党員グループをつくる」という規定は、依然残された。

（注）たとえば、斉藤一郎は『二・一スト前後』の中でこう書いている。「われわれはこの日本共産党の党グループの規定のあやまっていることを知らないわけではなかった。それは党組織上のイロハであるからである。われわれのあやまっていたことはこのあやまりにあくまでも反対し、それを訂正させなかったところにあるが、しかし問題をだすたびに徳田書記長にどなられて、あきれてひきさがったことも事実である。」

このような、党フラクション＝党グループは、大衆団体のなかにいる全党員によって構成されるとする規定は、その後、所感派＝徳田派と国際派の統一のきっかけをつくった党第六回全国協議会（六全協、一九五五）にいたるまで、ついに改められることがなかった。かくして、六全協規約において、はじめて「大衆団体の被選出機関に三名以上の党員がいる場合には、党グループを結成する」という規定が採用されるところとなる。しかし、この改訂の意味が理論的に反省されることなく、文字どおり今日まできているというのが現状ではないか。六全協の直後、山辺健太郎（統制委員、当時）は『前衛』一一〇号誌上に「党規約について」なる一文を発表し、そこで第六回大会規約と六全協規約を対比しながら、こう述べた。

〈この第六回大会の規約で、第八章にくわしく規定してあるグループの規定は、当時大衆団体に大きな影響力をもち、またこれらの団体を党がひっぱりまわしていた組織活動のやりかたからきたもので、のちにはだんだん混乱の種になった。もともとこの規定は、ソヴェト同盟共産党の規約でも「被選出機関に三名以上の党員がいるときは党グループをつくる」となっていたのを、当時の事情から「大衆団体のなかに三名以上の党員がある場合は党員グループをつくる」とかえたのである。この点こんどの規約（六全協規約）は本来の原則にかえったわけである。〉（カッコ内は引用者）

これは何も説明しないに等しい。「ソヴェト同盟共産党の規約」がそうだから、この「本来の原則」にかえったといわれるだけで、党フラクション＝党グループ問題の原理的反省は、ここにはみられない。

いくらか論点の繰り返しになるが、党フラクション＝党グループを党機関論としてどう位置づけるか、その性格をどんな風に理解するかということは、これまで革命運動の歴史のうえでつねに問題となり、しかもその誤れる理解が党による大衆団体指導にさいし、大きな混乱を惹起してきた。それは前衛党と大衆団体が、それぞれの組織の独自性を保持しつつ、なお、目的意識的な相互浸透の関係をつくりだそうとするさいに、解決しなければならぬ重要な組織論的課題をふくんでいる。この問題は、大衆団体の被選出役員であるのといっしょに、党員でもあるという矛盾を背負っている党員が、その矛盾を正しく調和的に定立せしめるための組織論的課題を提起しているのである。

党外大衆団体内の特殊な党機関としての党グループは、その大衆団体に組織された大衆の信頼にもとづいてつくりだされる。このことは、党グループ員となる程のものには、現実の大衆運動を指導するに十分な能力が前提されるということである。それは、大衆運動指導の専門家である。そして、こういう党グループを指導するべき立場にある党各級機関の専門部には、さらに高い能力が要求されるであろう。そうでなければ指導などありえないからである。党中央（中央委書記局）・各級党委員会は、さまざまな分野の専門家を結集することを通し、これをもって専門部（労対部、文化部、など）を組織しなければならない。それを、大衆運動指導の専門家を、おのれの党内の地位を危うくするものとして白眼視するような中央幹部は、こういう指導者を組織的に排除して行こうという志向を示すことにもなりかねない。大衆運動のなかできたえられた有能な指導者は、大衆の信頼をえて大衆団体内党グループを形づくるが、それを指導するべき中央委員会専門部には、サラリーマン化した本部勤務員か、新聞のスクラップ屋風の手合が集められるというのでは、「党グループは、すべての問題について、対応する各級委員会の指導にしたがわなくてはならない」という建前が有名無実になるか、ある場合には、官僚主義温存の錦の御旗にもなりかねないということなのである。

私は何がいいたいのか。規定そのものとしては正当な党グループも、そのグループ政策、その具体的な運用ということになると、規定そのもののなかに政策・運用の正しさの保障はないということである。私の知見によれば、一九六〇年の安保闘争にいたる過程での日共指導部と、全学連指導部（当初は党員であった）の関係のなかに、この問題をみることができる。すなわち、砂川―勤評―警職法―安保と引き継がれた一つながりの過程において、日共指導部による大衆運動指導の無能が暴露され、それを全学連（安保全学連といわれた）の指導部が或る意味で代替せざるをえない事態にたちいたって、大衆団体としての全学連の〝前衛党化〟がひきおこされ、それがやがて学生運動の指導者たちを中心とする反日共＝トロツキスト組織「共産主義者同盟」（一九五八・十二月）の結成へと発展していったのであったが、この過程を、組織論的に検討してみると、それが全学連内の党グループにたいする中央学対部の指導上の無能と、官僚主義的しめつけにたいして、グループのほうが、大衆運動をまもる必要上、独立共産党化していったという風にも観察されるのである。（注）

（注）だから、「共産主義者同盟」（ブント）にあつまった活動家諸君は、学生運動の渦中できたえられた指導者たちであった。その限り、かれらは〝安保の不幸な主役たち〟でありえた。だが、彼らが学生運動の指導者としてのおのれの立場を十分自覚することなく、ただちに、前衛党をつくろうとしたところに、その悲劇の根拠もある。これが少なくとも経過の一面を伝えていることは、今日、大方の一致するところであろう。

ここで作品『甲乙丙丁』に戻る。前節（本論Ⅳ章の1）では、党中央委員会宣伝教育文化部長・津雲と、党中央委員で日本新文学会の被選出役員である田村榊の対決――日本新文学会第十一回大会での田村の行動評価をめぐる対決――に可成りの紙数をとったのであるが、もう一度、そこに立ち戻る。私が、右に分析して来た党中央専門部と、党外大衆団体の党グループ員の対立が、専門部長の無能ということもふくめて典型的な芸術的形象化を与えられているからである。

田村は、あくまで党外大衆団体の規約、それにもとづく大会決定の線を、党員としても擁護しようとする。これに対し、宣伝教育文化部長の津雲は、ただ只管幹部会決定に固執して、大衆組織の論理には目もくれようとしない。しかも、大会に先だって、日本新文学会内の党グループ会議が招集され、そこで大会議案に対して幹部会が提出した「対案」なるものを通そうとする。しかし党グループ会議での議論でも、大会に「党の『対案』」を提出しようという動議を通すことはできなかった。そこで急拠、中央委員会書記局が、「得体の知れぬ連中」(二十一章、田村の言葉)をぞろっと呼び集めて、大会の一日前になって、「日本新文学会のための党員懇談会」なるものをつくって、そこで「対案」問題を決定した。津田が田村に確認したところによれば「つまり、正規のグループじゃむり押しできないんで、俄かづくりの別の会議をつくって押し切ろうとした」(二十一章、津田の言葉)わけである。

そこに田村の津雲にたいする反論がくる。「だいいち、文学者組織の大会に、党側、日本共産党が、日本共産党の『対案』を出すなんてことがどこにあるんですか。党規約違反じゃないですか。『党側の出した対案』、何のために党グループがあるんだ……」。これに対し津雲は、もっぱら幹部会決定を対置するだけである。論戦の勝敗ということでは明かに田村のほうに決定的な分《ぶ》がある。しかし、それが政治的に勝つ保障とならぬのも事実であろう。

日本共産党は合法化し、「大衆化」もし、日本社会総体の「変貌」の関数としての「変貌」

をとげてきた。しかし、それは三〇年、三一年以来の「歴史の刻印を背負わされつつ」の「変貌」であることが確認される。

さてそこで作品『甲乙丙丁』に現われた三〇年、三一年の問題に、もう一度論点をもどす。

作中で田村の中野は、一九三〇年の「左翼プロレタリア芸術家の基本新任務」（モデルは、蔵原「ナップ芸術家の新しい任務――共産主義芸術の確立へ」）についての当時の懸念を、病床にあってこんな風に想起する。

《原稿が（作家団体の常任委員会で）読まれたあとしばらく一座がしんとした。一方ではそれは一座すべてに重い任務を課していた。重い任務を課されることは一座すべての望むところでもあった。一方それは何か無理なものをみんなに感じさせていた。ある人びとにはそれでいい。進んでそこ（共産主義芸術家）へと行くだろう。すくなくともおれは行こう。しかしそれを団体（作家団体）そのもの、団体員全部に押しつけることはできない。できないし、またできまい。プロレタリアートと運命をともにしようということと、プロレタリアートの前衛隊と、つまり共産党と運命をともにしようということとのあいだには、全くつながったままながら、むしろ巨大な違いがある……》（三十九章、カッコ内と傍点は引用者）

そして田村榊の作品中の現在《いま》における感想は、こうである。「『新任務』の問題、三〇年の佐藤意見が格別抵抗なしに受け入れられてしまったのは確かにまずかった。しかしあすこには、田村なども包みこんで小ブルジョア・インテリゲンチャの急き立った気持ちがあった。……主

体的なあせりのようなものが佐藤意見を一般に支持させたのだったろうと今も思う。」(三十九章)

ところが、「三二年問題」「文化運動の全国中央部の組織」(モデルは「プロレタリア文化聯盟」)問題になると、そこに「変化があった」。田村の中野や、古川の窪川は、はじめそれに反対だった。どういう点でか。

《第一にそれは政党組織と革命的労働組合組織との関係について混濁したものを持っていた。あれで行くと、行きつくところが党組織の独自性の放棄でありかねない。

第二には、日本の現状認識においてあまりに甘すぎた。……

第三に、同じことだが議論がつくされなかった。プロフィンテルンの決定というのが警視庁の手でばらまかれていたなかで、安全な場所も安全な時もなくて田村たちは三度ばかりしか佐藤に会えなかった。議論はとば口で一方的に引きずられた。たぶん佐藤は、いろんな団体に個別にあたったのだったかもしれない。中心の党組織で議論がまとまらぬうちに、その外で空気を盛りあげた形跡があった。証拠を田村は持っていない。またその手のやり方がすべて許されぬとも考えない。しかしあの時の条件での、あの問題の扱い方としては、それは正しくなかっただろう。佐藤の新組織方針案が雑誌に出ると、かなりの勢いで投書があつまってきた。賛否両論のなかで、短い時間のうちに賛成論のほうが優勢になって行った。》(三十九章)

そして中野は、作品中の現在《いま》における田村の反省として、こう言っている。「田村や古川の意見は、ちょろちょろ流れとして、議論のほんの途中で否認される大川へ注ぎこまれるらしかった。それはそうなった。そしてそれだけなら、それはそれで致し方なかったともいえる。例によって、またしても田村がそれに追随したところに禍根はあった。」（三十九章、傍点は引用者）

以上は三〇年、三一年問題にたいする田村の中野の、問題が出されたそのときにおける疑問・危惧であり、同時に作品の現在における批判的自己検討である。「やりすごし」にたいする反省といってもいい。しかるに、吉野や佐藤は、「あすこにあった、あったかもしれぬ一種の解党主義に近い考え」（三十四章）に手をつけるのを、どうしてもいやがる。この歴史にたいする批判感情の対比は鮮やかである。そして、歴史にたいする批判的自己検討をいやがること、それを中野は作品のなかで「やりすごし」と呼ぶ。それは、歴史の現在《いま》にたいする無責任＝正系主義とも結びつく。

そこで、本章の論述を終わるにあたり、またいくらか『甲乙丙丁』を離れて一つの問題をとりあげておかねばならない。それは前述した「生江健次予審訊問調書」が発掘され、印刷・公表されたことと関係する。中野は、『甲乙丙丁』を一九六〇年代の後半に書いた。栗原が生江予審調書を発掘・公表したのは、一九七〇年代後半である。中野が、執筆にあたりこれを参照できなかったのはいうまでもない。しかし、これまでの論述のなかの「注」の一つでもふれておいたように、この調書を卒読すれば、コップがスパイ松村こと飯塚盈延《みつのぶ》の直接の指導のもとに組織され、組織し終った途端、通報されて一網打尽になったというこの事実が浮かび上がってくるのである。栗原は、前記「『生江健次予審訊問調書』解説」で、こう書いている。「……じつはプロレタリア文化団体内の党組織結成は、もっぱら彼（松村こと飯塚）の『指導』のもとにおこなわれたことが、この調書ではじめて明かになったのである。党組織結成の経過はもちろん逐一、松村に報告されていた。プロレタリア文化聯盟の結成は、このような党フラクションの結成と、じつは表裏一体をなしていたのである。それが蔵原の言う『指導のボルシェヴィキー化』にほかならなかった。そして文化聯盟の成立（つまり党フラク組織化の一応の完了）と相前後して、松村は生江との連絡を切る。文化聯盟加盟のプロレタリア文化組織の中心メンバー、党員、共青同盟員を文字通り一網打尽にした、いわゆる『コップへの暴圧』は、それから三ヵ月後の一九三二年三月二四日から四月にかけてであった。フラク・メンバーで検挙をのがれたのは、宮本顕治らほんの数名にすぎず、いずれもその時、自宅を離れていたという偶然によってのがれることができたのである。むしろ注目すべきことは、松村が連絡を切った以後に入党した者の多くは、これ以後も合法的な生活が出来たという点である。このことは三月の『暴圧』が、まったく松村の通報によってお膳立てされていたことを如実に示していると言えよう。／工場・農村を基礎とする再組織と文化聯盟の結成という、昭和六年におけるプロレタリア文化運動の『方向転換』の評価については、従来も、文化運動の参加者や研究者のあいだで疑問視する意見が少なくなかった。ここに収録された生江調書は、この『方向転換』の

裏面を赤裸々に語るものとして、今後、十分な研究・検討を私たちに要求しているのである。」(傍点は引用者)

つまり、コップの結成とコップ内党フラクの組織化とは、実は表裏一体のものであり、スパイ松村が網をかけ、そのなかで文化活動家たちを泳がせていたということなのである。いまやコップ結成の方針に問題があったというだけでは済まされなくなった。田村の中野の「やりすごし」は、たんに危倶・懸念をそのままにして、無理な間違った方針に「追随したところに禍根はあった」というだけでは済まされないものが、その後出来《しゅったい》したからである。勿論、蔵原の提起にあくまで反対して行ったからとて、解党主義的な方針でのコップ結成は避けられなかったかもしれない。しかし中野その他が、危倶・懸念を理論化して断乎主張していたなら、一九三〇年代プロレタリア文化運動の不様な解体は、いくらかちがった形をとりえたのではないか。

だからこそ中野は、右調書のコピーを読んで、こう慨嘆したという。「だから中野さんは本当にショックを受けて『おれは何で今になって、これを知らなけりゃならないんだ』と嘆いたよ。」(座談会「楽しき雑談中野重治とその仕事」における栗原発言、『新日本文学』七九年十二月号)

——中野が亡くなる半年程前のことである。

V 豊田貢（菊池寛）への手紙

1 手紙をどう評価するか

作品『甲乙丙丁』のなかでは、一九六四年三月二三日、津田貞一が党本部書記局から呼び出しを受け、「わたしが書記局としてお話をお聞きする」と称する青年と面談し、帰宅してみると、田村榊から分厚な書留速達便が届いていた（十六章）。その中には田村が一九四二年二月一七日付で――この「大東亜戦争」開戦二ヵ月余の時点で――、「新しい文学団体が出来るにつき」入会できるよう情報局方面へのとりなし方を依頼した豊田貢宛の手紙が同封され、読んで意見を聞かせてくれとの津田宛の手紙も添えられていた。この「新しい文学団体」が文学報国会を下敷きにし、豊田貢が菊池寛をモデルにしているのは、よく知られている。その菊池寛宛の手紙については、埴谷雄高によれば、「菊池寛などの名前を変えてそのまま収めています。これは、平野があの手紙は中野さん自身で処理してくれと言ったことに答えたもので、作中、その手紙を読んだ中野さんの分身『津田』の感想に不満は残りまずけれども、中野さんは自分の汚点を自分自身で取り出し、弾劾し」（埴谷「中野重治と戦後文学」、『中野重治と私たち』）たということなのである。

事情を知るものにとっては周知のところであるが、しかし、ここでは一般の読者のために、その菊池寛あての手紙（ないしその写し）が、どうして中野の手許に再び戻ってきたか、そして、中野じしん『甲乙丙丁』のなかで、これを公表したについては、どんないきさつがあったかなど、埴谷雄高の証言をとりだしておきたい。埴谷は『影絵の時代』に収録された「政治と文学と」というエッセイのなかで、その事情を可成り詳しく説明しているが、ここでは、そのいきさつをより簡潔に述べた「没後八年研究と講演の会——一九八七年十月二四日」における埴谷の講演「中野重治と戦後文学」（前出）から必要箇所を引用する。「その編集会議（『近代文学』の編集会議）に、平野は、文学報国会の理事である菊池寛にあてた中野さんの手紙をもってまいりました。……これから中野さんと論争することになるけれど自分の胸の中だけにこれを納めておく訳にいかないから皆もこれを読んどいてくれ、という平野の言葉を聞いたとき、私達はみな重苦しい気分になりました。その手紙は、あとで聞くと、中野ファンであった平野謙が上司であった井上司朗の机の引き出しから、中野さんの汚点を救うべく、盗み出したものだったということです。思い出してもひじょうに沈痛な、沈黙に満ちた時間がつづきました。

『文学報国会』へ入れるよう斡旋を頼んだ中野さんの菊池寛あての手紙はその前文（全文の間違いか？）がかなり長いもので、それを平野以外の四人（本多秋五、荒正人、佐々木基一、埴谷雄高）が一人ずつ廻し読みしているあいだ、ほかの者は私語してもいけないような気がして黙っておりました。重苦しい廻し読みの時間が終ると、荒君が、『平野さんこれ借《ママ》して下さい。』と言い、平野は、『荒君、それを絶対写しちゃいけませんよ、そして、これからの論争にその手紙を使わないで下さい』と平野は念を押しました。実際、その後の『政治と文学』論争で、平野、荒とも使っておりません。けれども、荒君は情報好きで、同じ情報好きの大井広介にその手紙の話をし、すると、大井広介が、短い文章ですけれども、中野は戦争中、菊池寛に入会斡旋の手紙を書き、伊勢神宮の五十鈴川で禊《みそぎ》をし、宮城で清掃のモッコかつぎをした、と『バカの一つおぼえ』のなかに書きました。それを中野さんは自分で読んだのか、あるいは誰かに知らされて、調べると、その菊池寛あての手紙が平野謙のところにあると分ったのでしょう。やがて編集会議に平野は中野さんの葉書をもってまいりました。また私たち、平野のほかの四人が、こんどは短い葉書を廻し読みしました。その葉書は、ある作品についての質問で、平野に聞かずとも中野さん自身が調べればすぐ解る内容のものですが、その最後の一行に、『ときに君のところに菊池寛あての僕の手紙が行っているとのことだが、返してくれたまえ』と書いてありました。……私はその葉書を読んだとき中野さんを軽蔑しました。私の前に原さんが朗読したように、素樸であってほしかったのです。自分は戦争中に誤りをおかし、『文学報国会』に入った。事実、文学報国会の小説部会と評論部会に入ったのでありますけれども、そのとき、菊池寛に入れるよう斡旋してもらう手紙を出した、そこにどういうことを書いたかいまはよく覚えていない、で、自己反省をするためにその手紙をもう一度よくみてみたいと思う。君のところにあるそうだから返してくれたまえ、と素直に書くべきだと私は思ったのです。しかし、中野さんは自己反省のためでなく、その資料をただないものにするだけの意図で返してくれと、いってきたのでした。この時、私達五人の編集同人が協議して決めたのは、これは公人としての菊池寛宛の手紙だから、手紙そのものでなく『写し』を送るということで、中野さんには『写し』を送りました。」（同前、カッコ内は引用者）

　そこで中野は窮したのでもあろう。平野謙からは「あの手紙は中野さん自身で処理してくれ」と言われてしまう。中野には逡巡もあったはずである。中野が、宮本顕治と思想的に訣別して以後の作品『プロクラスティネーション』（『群像』六三年五月号、六月号）のなかには、こんな条りが認められる。「だいいち、一九四一年年末の大戦勃発のときのあの手紙をどうするか。さいわいその手紙は人の手で保存されてきた。気にはなっていても、いったんその手紙が失われたとなれば、もっともっと卑しい心が安田に生じなかったとは誰にむかっても安田としていうことはできない。手紙が失われていたとしても、そこに露骨に書きとめられた弱さと卑屈とを精神の問題として安田が取りだすということは問題としてありえた。けれども、取りださぬことのありえたということのほうがヨリ大きな可能性を持つだろう。犯罪者が、物的証拠のないところですすんで自己の犯罪について懺悔するだろうか。まして安田は、聖なになといったものでもなければそれに関係のある人格でもない。」（全集④、傍点は引用者）

また、同じく『プロクラスティネーション』に、つぎの条りも読むことができる。「あの手紙は写しをもらうことができた。あの写しをもらって、おれは女房にもかくれて読んでみた。進退谷《きわ》まるという条件がそこにあった。それは保存してある。それは引きだしてきて必ず隅まで自分の手でしらべなければならない。しかしそれにしても、自分ひとりで、進退谷まる思いということでは決して片づけてしまってはならない。そこにあった条件を、それの受けとめ方における自分の弱さとともに一般的なものとして明かにしなければならない。」（同前、傍点は引用者）

この小説の主人公、安田が中野の分身であり、「あの手紙」といわれているその手紙が、菊池寛あての件の中野書簡をモデル的素材にしているのはいうまでもないところであろう。ここには、件の手紙の「処理」をめぐる中野の逡巡——精神のたゆたい——が可成り忠実に活写されているとみていい。そして、中野は、つづく長編『甲乙丙丁』において、甚だ唐突な形で、手紙の全文を引用する。だが中野は、「そこにあった条件を、それの受けとめ方における自分の弱さとともに」明かにしてはいない。

そこで、ここでは転向＝出獄以後の中野の思想的閲歴のなかに、「そこにあった条件」を探っておく。

中野が、日本共産党員であったことを認め、以後政治活動をしない旨を申し立てて転向＝出所したのは、一九三四年五月二六日であった。

ここで中野における転向の質が問題になるのであるが、それは彼が「転向」後、何を決断し、その決断を継続しえたかどうか、継続しえたとしてどう継続したかの評価にかかっている。「転向」を極めて倫理的な次元でとらえ、それを党にたいする端的な裏切りと認めた中野にとって、転向者が再転向して運動に復帰するなど問題にもなりえなかった。それは、「組織というものをおもちゃにして遊」（「横行するセンチメンタリズム」、三六年三月、前出）ぶこと以外でない。では中野の決断はどのようなものであったか。貴司山治にこたえた「『文学者に就て』について」（三四・十二・二〇）から、よく引き合いにだされる条りを、ここでも引用せざるをえない。

〈弱気を出したが最後、僕らは死に別れた小林が生きかえってくることを恐れはじめねばならなくなり、そのことで彼を殺したものを作家として支えねばならなくなるのである。僕が革命と党を裏切りそれに対する人民の信頼を裏切ったという事実は未来にわたって消えないのである。それだから僕は、僕らは、作家としての新生の道を第一義的生活と製作とより以外のところにおけないのである。もし僕らが、みずから呼んだ降伏の恥の社会的個人的要因の錯綜を文学的綜合のなかへ肉づけすることで、文学作品として打ち出した自己批判をとおして日本の革命運動の伝統の革命的批判に加われたならば、僕らは、そのときも過去は過去としてあるのではあるが、その消えぬ痣《あざ》を頬に浮べたまま人間および作家として第一義の道を進めるのである。〉（＊は発表時に伏字、傍点は引用者）

　この出所から半年ばかりの時点でかかれた甚だパセティックな文章は、屈伏を恥として自覚し、そのうえになお第一義の道を歩もうとする中野の決断であり、決意表明であった。このとき中野の「転向」以後のコース、転向実践のレールは敷かれた。それは、一方、屈伏の恥を一身に受けとめながら、なお他方において抵抗の道を、「文学作品として打ち出した自己批判をとおして「日本の革命運動の伝統の革命的批判」に参画することで切り拓いて行こうという、「抵抗と屈服のないまぜになった両義性の場」（栗原幸夫「中野重治の〝党派性〟」、『肩書きのない仕事』）に己れを立たせたということであり、一歩踏み誤れば屈服の方向にズリ落ちかねない、危険かつ孤独な格闘的営為の場に己れを立たせたということである。

　ただ、この孤独な格闘には一つの陥穽――中野がどれほど自覚していたか判然としない一つの陥穽――がありはしなかったか。それは前引文章を、ちょっと見れば分るところであるが、中野が選びとった孤独な格闘的営為の道は、〝実体としての党〟の存在が前提となり、その〝実体としての党〟存在との緊張を条件としてのみ存立しうるということなのである。中野は、たんに「党を裏切り」とは書かずに、党を裏切ったということは「それにたいする人民の信頼を裏切った」ということでもあるという風にもいっている。それは、人民に信頼された実体としての党の存在が前提されたうえでの決意表明に他ならない。だから、運動崩壊の現実を実感したとき、いっそうの屈服の方向にズリ落ちかねない、そういう危険の一粒を背負わされた決断でもあった。

話を戻そう。中野が、右のごとき決断のもとに、転向五部作をはじめとする作家的営為を継続したのは、よく知られている。そして、一九三七年十二月には、中野は、こう書くことが出来た。

〈一般的なことと個人的なこととの組み合わせのなかから、私が私の問題として取りだしえたものの一つは転向の問題だった。この問題にはながくひっかかっていたが、やっと今年になって自分として眼鼻がついてきた。私としては、それを「転向と敗北との関係」に引きなおしてみて了解することが出来た。（同じく、以下約五十字削除。）〉（「自分のことと一般のこと」、全集⑪）

右引用の少し前には、全集本で「（発表誌で、以下約八十字削除。復元できず）」とあり、同じく少しあとには又同じく、約七十五字削除）」とある。この年七月、日本は中国にたいする全面侵略戦争に突入していた。そうした事情を考えてみれば、中野が、おのれの「転向」について「転向と敗北との関係」に引き戻して「了解することが出来た」といっていても、それがどういう内容のものであったかは最早推測する以外にない。そういう内容説明を印刷して公けに出来る状況では、すでになかったということである。しかし、それより一年八箇月ほど前、三六年三月に、中野は次のように書いていた。ここから読者は、右の中野の自己了解について或る推測が可能となるであろう。

〈転向者にたいするほんとうの批判は、個々の転向と一般的転向との必然性を具体的に解剖し、転向者たちに立ちなおりのための具体的な道を与え、ふたたびああいう一般的転向が生れずにすむような条件を自分で創りだすという立場からでなければならないのではないかと思う。〉（「横行するセンチメンタリズム」、全集⑩、傍点は引用者）

ここで「一般的転向」といわれているのが、佐野・鍋山の転向（三三年六月）以後の大量転向のことであるのはいうまでもない。中野は、そういう一般的転向が生れずにすむような条件を自分で創りだすという立場」を主張している。というのは、どういう立場か。それは〝一般的転向が生れた条件〟との対応で考えられるが、この〝生れた条件〟が、たんに天皇制政府の弾圧のことを指しているのではあるまい。先にみた「日本のある流れ」に、中野は、このとき既に、はっきり気づいたということであろう。中野が戦前、ここまで突き出してきた問題は、戦後の日本共産党では顧みられることなく、日本人大衆の動向、運動の現実と切り離された抽象的「非転向」が、一つの先験的な価値尺度として党内操作において傍若無人な自己主張をしてきたについては、すでにみた（Ⅲ章の2）。では、「生れずにすむような条件」とは？　あるいは、「転向者たちに立ちなおりのための具体的な道を与え」るというその「道」とは？　中野は、これに一般論の文脈でこたえてはいない。しかし、彼個人にそくしていえば、それを「文学作品として打ち出した自己批判をとおして」「革命運動の伝統の革命的批判」に至るような第一義の道に見いだし、それを実践もしていた。つまり、その決断と、具体的な創作実践のうえに、右のような提言も可能だったのであろう。中野が、「転向」問題での自己了解に、或る程度でも達しえたような文学作品の一つとして、私たちは『村の家』（一九三五）を見ることができる。

中野の作品系列の中で、『鉄の話』（一九二九）、『村の家』（一九三五）、『五勺の酒』（一九四六）という一つながりをとりだして観察することができるのではないかと、かねがね私は考えている。この三つで中野は、天皇制批判というモチーフを正面にすえて、その芸術的形象化をはかった。なかでも、「転向」の翌年に書かれた『村の家』は、転向小説ともいわれるが、己れに屈服を強いたものの本質を、そのイデオロギー的・社会的基礎に視点を据えて暴露してみせた作品である。中野は、ここで『鉄の話』における革命的ロマン主義にはなかった天皇制批判の新しい質を獲得した。しかもそれは、「転向と敗北」を余儀なくさせた日本社会総体の一つの縮図ともいうべきものを、芸術作品として形象化することでもあった。中野は、この課題を、〝村の家〟というものを素材に、その〝村〟での世話役、オピニオン・リーダー、〝村の知識人〟でもある父、孫蔵の封建的倫理主義を、その裏面にべったりと貼りついた庶民エゴイズムとともに、芸術表現のうえで暴き出すことを通して果していったのであったが、それは同時に、個を秩序のうちに呑み尽して止まぬ〝家族共同体〟への畏怖の表白でもあった。ここにこそ、中野を「転向と敗北」にみちびいて行った天皇制権力の具体的な社会的基礎——否、天皇制の縮図そのもの——もあった。これこそ「日本のある流れ」にあっては全くとらえることのできなかったものである。だが——途中経過は省略せざるをえないが——、『村の家』の主人公、勉次が、畏怖と愛憐の情とともに対決していったこの〝家族共同体〟に、父の死と「大東亜戦争」の開始と、十二月九日の検挙をくらうなどのことを通して(中野は父の死の後始末のため、郷里にいた関係で実際の身柄拘束はまぬがれたものの)、中野もまたとらえられて行くであろう。そのとき、中野がそれとの緊張を発条にして孤独な格闘的営為を継続する与件となるはずの〝運動としての党〟は完全に崩壊させられていた。

いくらか具体的にみてみよう。

一九四一年十一月一六日、父重態の速達が来着、一七日に同様の電報を受けとり、中野は警察に通知して郷里の高椋村一本田へ向つた。三四年の出所の際の執行猶予五年の刑期は、この時終っていたものの、思想犯保護観察法(三六年)による「保護観察」に附されていたため、警察への連絡を余儀なくされた訳である。中野は、一八日朝、一本田に着いたが、父はすでに意識なく、翌一九日に死去した。中野は家督相続人として、父の葬儀一切をとりしきり、その後仕末に追われる最中《さなか》、開戦の報を聞く。そして翌十二月九日、全国的検挙が行われ、中野は右の事情で東京にいなかったため身柄拘束はまぬがれたが、かわりに妻から「ケサキタイサイフミ」の電報を受けとるところとなる。菊池寛への手紙の件は、そのふた月後(四二年二月一七日)のことである。したがって、父の死と、それに伴って家父長としての役割を余儀なくされたこと、開戦と全国的検挙という、中野にとって可成りデスペレートな条件の積み重ねのなかで、その精神状況が、どういうところをたゆたっていたかを解明することに、彼が件の手紙を書かざるをえなくされた内的な必然性を探ることができるはずである。

その素材はあるか。最近刊行された『敗戦前日記』は、中野が家督相談人＝家父長として、どんな猥雑な実務をこなさなければならなかったかを如実に物語っているが、しかし、その精神のたゆたいとしては、『貼り紙』『プロクラスティネーション』『帰京』などの転向を主題とした作品――裏を返せば「日本の革命運動の伝統の革命的批判」を引き継ぐ作品――のなかに、それが垣間見られるといっていい。繰り返しになるのを恐れずいえば、私は、中野が日共宮本指導部との思想的・組織的訣別を予兆としてはっきり意識せざるをえなくされたこの年代（六二年、三年）になって、再びこうした主題に立ち戻ったことに興味をもつが、それは中野の内面に暗く澱んで離れなかったこの問題を、或る人間的決断（訣別）の前提として思想的に解決しておこうとのモチーフに発する内面の苦闘の所産であり、そのことで『甲乙丙丁』への序走ともなりえたものである。これらの作品群は、四一年十一月、十二月以降の己れの精神のたゆたいを、二十余年後に小説として再現したものであるため、その作品世界からそのまま当時の中野像を抽出するには或るためらいも感じられたのであるが、しかし今度『敗戦前日記』の当該箇所と対応させてみることを通して、よしんばそれらがフィクションであるにもせよ、当時における中野の精神的たゆたいの近似像をそこに見ることが可能であるとの確信に到達した。

『帰京』（『群像』六二年九月号、全集④）には、父の死で郷里に帰っていた主人公が、十二月九日、妻から「ケサキタイサイフミ……」の電文をうけとって実感したところが、こう表出されているのである。

〈「おれはっかまらぬぞ。つかまりたくないぞ。どうしても……」

それはそういう消極的な性格のものだった。しかしそれは深かった。〉

〈上げ潮の時ならばまだしも、この引き潮という時につかまりたくない。万吉として、「いまここでつかまりたくない。」という思いに何か利己主義のようなものがあるのを知っている。それは否定することができない。しかしそれを、ただ利己主義的とだけ言ってしまってもならない。家の後をどうするか。わがの女房、子供をどうするか。おふくろをどうするか。種子をどうするか。わがの女房、子供をどうするか。いまここでつかまれば、これが全部めちゃめちゃになってしまう。どの一つもが片づかなくなる。それに堪えられぬということが一つある。この「堪えられぬ」というところに「利己主義的」があるかもしれない。それとくっついて、そんなことはみんなほったらかすとして、自分一個としてただいやだということがある。肉体的にも自信がない。〉

右引用中で、「……をどうするか」と自問している「おふくろ」「種子」「美津子とその連れ子」「わがの女房、子供」といわれているものは、新版全集第二十八巻三八四、五ページの中野重治「系譜」にあたってみれば、ただちにそのモデルを探すことができる。そして、右は、心ならずも家父長の位置に押し上げられてしまった慨嘆であるが、しかしこうして、中野は家父長としての倫理的責任と、生活実利の面から、『村の家』においては対決の対象であったものへと呑み込まれていったのである。それに、「上げ潮の時ならまだしも」、中野の孤独な格闘の発条となるべき〝運動としての党〟は解体させられていた。中野が、「それ（党）に対する人民の信頼を裏切った」というその「人民」は緒戦の戦果に酔い痴れ、排外主義的＝民族主義的熱狂――それは庶民エゴイズムのむきだしの発露でもあった――のとりことなっていた。それらが折れ重なって寄せて来て「自分一個としてただ」、いまつかまるのは「いやだ」という心情へ、中野がみちびかれていったのは、一九三四年以降の選択を介したその主体にそくしていって、状況に規制された必然の問題でもあっただろう。しかも、じっとだまっていることは、それだけで抵抗と目されかねない。それら一切の与件が、菊池寛への手紙を書かせるところに中野を追い込んでいった。

そこでさて、件の手紙そのものの検討にはいらなければならない。

定《さだ》道明は手紙の構成を、「手紙の意図」「身柄の現状」「反省点」「決意」の四つに分けて要約している（定『中野重治私記』）。私も定のひそみにならい、手紙を四つの部分に分けて必要な引用を左に試みる。

⑴　手紙の意図

《今後新しい文学団体が出来るにつき、だんだん処理委員会が開かれ、最近一種の資格審査委員会のやうなものが開かれ、席上私の名前があがったとき、情報局側の人が、これは情報局に、ちょっと考へさせてくれといはれたさうであります。それにつき、あなたが情報局の方にお会ひの便宜がありましたら、私が資格審査にもれぬやう、どうかお話をお願ひしたい、これがお願ひの事柄上の内容であります。》（傍点は引用者、以下同じ）

(2)　身柄の現状

《情報局側のこの言葉は（……）私自身にも、分らぬ言葉ではありません。十二月九日に検挙があり、私の所へも警察の人がきた次第で、その後の私の身柄が、まだ最終的に決定してゐないといふことに関係あるものと思ひます、そこで、さうであるだけに、一そう右のことをお願ひしたいのであります。／そこで私の身柄の現状を申します、私は昨年十一月一七日父重態につき帰国し、父は翌日死に、その後始末に忙殺されてるうちに大東亜戦争の勃発となりました。警察からは（私の帰国その他はすべてその都度警察に通知してありますが）私の留守に人が来たわけであります。そこで私は警視庁の方へ手紙を書き、私《わたくし》の事情を書き、取調べその他の場合、家《うち》を留守にする事なしに行くやうお願ひしました。……私の身柄はかういう具合に形の上では途中という形にあるのです。》

(3)　反省点

《……今後のことにつき、従来自分の仕事について、客観的に責任をとる態度がなかったということであります。一口にいへば、出獄以来自分は政治的な面から全く離れ、もっぱら文学上の仕事をし、それを新しい方向において自分はしてみる。それは、広くいって、日本文学にかすかに貢献してみると思ふ。それを検閲当局などが、とかく色々といふ。また読者も、自分の書いたものを、勝手に従来の延長として受取る傾きがある。しかしそれは向ふが悪い。自分はさういふ積りではない。全く新しく踏み出してみる。それは作自体に即してみればわかる筈だ。誤解するのは向ふの勝手だ。自分は不完全にしか理解されてゐない。自分といふものをよく理解してほしい。ざっとこういふ考へでやって来たと思ひます。つまり私は当局なり、読者なりが、私の書いたものをどういふ工合に受け取るやうな条件の下にあるかに無関心でゐました。文筆上の仕事の世間にあたへる影響について、自分の主観ばかり問題にして、客観的に責任を負ふことに気づいてみなかったことに気づいた次第です。》

(4)　決意

《……それではどんな新しい立場に立ったか、そのことが自分自身に対してさへ、必ずしも明瞭でなかったと思ひます。勿論、国家の方針にそふといふこと、国民の一人としての立場に立つといふことは明瞭でしたが、それは半面からいへば、自分の国民的出生にたよってみたものといふことができます。しかし今となっては、特にそれは不充分であり、私の場合はなほ更であり、また私が前途に光明を見て行くのだとすれば、そんな漠としたことで信念が立つわけでもありません。今の私はその点、かふいふ風に考へてゐます。日本の民族的統一の強化、国家的力量の強大、両者の結びつけられたものとしての発展のために書く、一と口で言へばかういふ考へであります。……この考へは、それでは昔の階級ということなどをどう処理するかといふ種類の問題がはいってくると思ひますが、それらについては、まだ、考への全体が構造されてゐず、また大体において分ることも、いちいち理窟ばって書くことができません。私としては、今たどりついた心持ちと、この心持ちの自分としての思想的裏付けのあらましをかいつまんで書いた次第であります。》

この全集本にして五ページに余る、長いだらだらとした手紙も、右のように整理して要約・引用してみれば、その言わんとするところが、より鮮明に浮び上ってくる。つまり、(1)第一に、「新しい文学団体」が出来るにつき、資格審査にもれぬよう「お願いしたい」ということ、(2)第二に、十二月九日以降の自分の身柄であるが、一義的には決っておらず、「途中といふ形にある」こと、(3)第三に、これまで自分の書いたものについて、「自分の主観ばかり問題にして、客観的に責任を負ふことに気づいてみなかった」という反省、(4)第四に、これからは、「日本の民族的統一の強化、国家的力量の強大、両者の結びつけられたものとしての発展のために書く」つもりであるが、「まだ、考への全体が構造されて」いないこと、などがごてごてと述べられているのである。

この手紙をどう評価するか。それが書かれた時期、日本人大衆は「大東亜戦争」緒戦の戦果に浮き足だち、知識人の多くも、否、大部分も「聖戦」を謳歌していた。ところが、件の手紙には、当時の印刷物に必ず登場させられていたキャッチフレーズ、「聖戦」「八紘一宇」「国体の精華」「大東亜共栄圏」などの言葉は、いっさい登場して来ていないのだ。ただ、「民族的統一の強化、国家的力量の強大、両者の結びつけられたものの発展」のために働くという極めて抽象的な命題が述べられているだけである。定道明は右について、「これはなかなか奇妙な論理にたっている。『日本の民族的統一の強化、国家的力量の増大』のために書く、と宣言しながら、自分は信念だけでは動ける質ではないので、理論的にも確かめてみたい。そうするといわゆる階級問題につき当るが、これについては考えの全体が構造されていない。つまり、宣言はするが、自分流に納得できるかということになると、今後にかかっているというわけである」と読み、「手紙の骨子は、いずれもはぐらかしである。中野は、この手紙に関する限り、目的意識的に徹頭徹尾はぐらかしに終始したといってよい」（定『中野重治私記』）と結論づけている。

これは手紙の文面を分析したうえでの一つの読み方であると思う。しかし私は、文学報国会への入会方を懇請したことじたい、屈服であったと認めざるをえない。とはいえ、屈服にも中野なりの屈服の論理がある。それは、局面局面での限定された屈服を選択することで韜晦《とうかい》の実をあげえているということである。それは屈服ではあっても、翼賛にはなっていない。そのようなものとしての抵抗の一粒を付着させた屈服だったと、私は見る。

そうした屈服のなかの抵抗の一例を、私たちは、「昭和十七年三月」づけ（つまり、菊池寛への手紙が書かれた直後）の「前書き」をもつ『斎藤茂吉ノート』という形で共有する。とくにその「戦争吟」から、竹内好が『近代の超克』（一九五九）で引用したところを左に取り出しておきたい。

〈前の世界大戦では、日本は連合国の側の一国であった。しかし今日の日本は、連合国の一国として参戦した前の大戦当時とは全く異なった関係において枢軸国の側にある。それは既存のものへの「参加」ではない。世界史における今日の日本は、その力量と能動性において最大の独自性を持っている。戦争そのものも、はるかに厖大なものとなり、はるかに複雑なものとなっている。「縦深」は戦線から移して国家間の関係にも考えられ、前線と後方とは全く密着し、敵の「謀略」にたいする戦いは銃後国民の日常生活のうちに日の営みとして戦われている。日露戦争における左千夫の戦争吟、茂吉の「戦場の兄」などが今となっては物語り的にさえひびくとすれば、今日の戦争は、部分的には散文的に見えるまでに厖大・複雑となり、したがってはるかに高い詩的構想・統一を要求しているのである。おそらくこのことによって、昭和十六年現在の戦争吟の国民的圧盗もあったであろう。……茂吉が「いちはやく」戦争を歌ったという事実は、彼が事変の厖大・複雑をいちはやく感じとったという事実である。しかもこの厖大・複雑は、厖大・複雑なままに大テンポに発展しつつある。茂吉の戦争吟にさまざまのものが見られるということは、事変の大きさ、複雑さ、その発展の大テンポにたいする茂吉の追求の努力を語るものであろう。〉（全集⑰）

右に因んで竹内好は、こういっている。

〈戦争をくぐらなければ、具体的にたたかっている民衆の生活をくぐらなければ、いかなる方向であれ民衆を組織することはできない。つまり思想形成を行うことはできない。それが最低限の思想の必要条件である。戦争吟を、戦争吟であるために否定するのは、民衆の生活を否定することである。戦争吟を認め、その戦争吟が過去の戦争観念にたよって現に進行中の戦争の本質（帝国主義戦争という観念ではない）を見ることから逃避している態度をせめ、戦争吟を総力戦にふさわしい戦争吟たらしめることに手を貸し、そのことを通して戦争の性質そのものを変えていこうと決意するところに抵抗の契機が成り立つのである。「侵略戦争反対」を便所に落書きするとか、「英機を倒せ」というシャレをはやらせることは、抵抗ではなくて、むしろ抵抗の解体である。思想を風俗の次元にひきおろすことである。〉（竹内「近代の超克」、現代日本思想大系4『ナショナリズム』より）

竹内は、また「民衆に石を投げられる予言者を別にすれば、ある状況の下における抵抗と屈服はほとんど紙一重であった」（同）ともいっている。中野の菊池寛あての手紙を、どう評価するかの問題は、論者の立場によってかなり変ってくるであろう。しかし、私は、抵抗の一粒の要素を付着させた屈服の表明であったとみる。中野のような立場のもので、「聖戦」翼賛の文章を一つも書かなかったということが、その傍証になるのではないか。

2　作品の結構における手紙の扱い

そこでさて、作品『甲乙丙丁』における件の手紙の登場のさせ方である。たしかに、そこに読者は唐突なものを感じるであろう。

満田郁夫は、「作者は自分の都合で主人公たちを動かしすぎる」と言って、こう述べている。〈その最大の例は、十六回での、田村の一九四二年二月十七日付豊田貢宛書簡である。……その古手紙の写しを、田村は書留速達で津田に送って、読後感を求めたのだった。何故写しであるのか、何故、古手紙を速達で送って読ませるのかの理由説明は書かずに。

共産党本部に呼び出されて行って帰って来たばかりの津田はそれを読んで、げっそりする。

「これを読んでどんな気がしたか……」

それが「いやらしい」の一語に尽きる気がして彼はいっそうげっそりした。

「しかしそうばかりも言っていられない。そうとだけ言っていては間違うのでもあるのだろう……」

しかし今の今そこをどうと分析する気力もない。

津田はとりあえず田村に電話をかける。田村が読後感を「電話ででも聞かせてくれ給え」と書いていたからだが、何回かけても通じない（十七回）。翌日もかけるが留守である。津田はとりあえず、「写し」を書留速達で返送する。そこへ田村から速達が来て、あれを「送りつけなくてもよかったかともすぐ後で思ったが、読後感はやはり聞かせていただきたい……」と言ってくる。津田が手紙の続きを読み終らぬうちに、田村が電話をかけて来て、「あんなもの送らなきゃよかったと思ったんだが、ま、感想はそのうち聞くことにするよ。」と言う（十八回）。この騒ぎは一体何だろう。〉（満田「利己心と良心と——『甲乙丙丁』論」、『増補中野重治論』）

たしかに、『甲乙丙丁』を一つの作品として分析して行けば、満田ならずとも「この騒ぎは一体何だろう」となるだろう。中野は、田村に「……感想はそのうち聞くことにするよ。」といわせながら、作品の中でそのことについては抛り出したままにしているのである。それが小説としての整合性という点から大いに問題であるのはいうまでもない。しかし私は、中野ほどの作家が、そのことに気づかなかったはずはないと考える。中野には、作品としての整合性を犠牲にしてでも、件の手紙を公表せざるをえない人間的モチーフ——創作上のモチーフではない——が働いたのではないか、それが満田の言う「この騒ぎ」という形をとらせたのではないかと、そう思う。私は、その人間的モチーフをこそ、前節（Ⅴ章の1）で分析して来たのであった。

それにしても、津田が件の手紙を読んだ感想として、「それが『いやらしい』の一語に尽きる気がして彼はいっそうげっそりした。／『しかしそうばかりも言っていられない。そうとだけ言っていては間違うのでもあるだろう……』／しかし今の今そこをどう分析する気力もない。」といって、面《おも》を背けることで、問題がとびこえられてしまっているのを、どう理解したらいいか。由来、中野には醜悪なもの、汚ならしいものにたいして、それをよく観察して究め尽くすのではなく、むしろ面《おも》を背けてしまう性癖があった。件の手紙は、『甲乙丙丁』執筆時点からは、二十年以上も前のものである。それは中野が書いたものに間違いない。しかし、『甲乙丙丁』執筆時点の中野にとっては、すでに疎外された他者的存在でもあっただろう。それは中野の美意識からして面を背ける対象でしかなくなっていた。とはいえ中野には、これを公表しないではいられぬ人間的モチーフがあった。それが満田に「この騒ぎ」といわせるような処理をさせるところとなったと考えるのであるが、いかがなものか。

いま中野には、醜悪なもの、汚ならしいものから面を背ける性癖があったといったが、それを傍証する材料は『甲乙丙丁』のなかにも見いだすことができる。

一九六四年三月二三日、津田は、書記局からの呼び出しに応じて党本部に行き、本部受付待合室で待たされる間、漠然とあたりを眺めまわし、「津田のところから、ちょうど玄関の一坪ほどのセメントの部分」が目にはいって、或ることが想起されてくる。それは一九四五年だったか、四六年になってからだったたか、日本共産党が文化工作隊活動の一環として社交ダンスを奨励していた頃のことである。その「一坪ほどのセメントたたきの部分」で、二人の幹部党員が踊っていたのである。

《「そうだ。あすこで西村貞雄と波多野潔とが踊っていたのだった……」

夢のような思いがする。それは、夢の一切れの切れっぱしのようなものに思い出された。実際あすこで、ある日、昼めし休みか何かだっただろう、西村貞雄と波多野潔とが抱きあって踊っていて、そのわきを、からだが触れるくらいにして津田がすりぬけて通って帰ったのだった。あの時は、見てはならぬものを見てしまったような恥かしいような感覚で津田は逃げるようにして帰ったのだったが、そんな感覚が、わからぬことはないが今考えれば少しおかしい。》

（十五章、傍点は引用者）

「見てはならぬものを見てしまったような恥かしいような感覚で」「逃げるようにして帰った、云々」、ここに最前問題にした中野の性癖がよく現われている。

もう一箇所だけあげる。

田村は、党本部での津雲との対決面談を終えて帰宅、おとくさんに言って食事をとってから床につくが、党第八回大会のことが想起され、その想起作用のなかで、さらに党第七回大会（一九五八年七月）のことが想起されてくる。あのとき、田村には「いやなこと、しかしそのいやさを彼としてどうするすべもなかったのが三つばかりあった」その一つ。

《「……第一に、刑務所内での食いもの論争のことがいやだったな。あれはほんとにいやだった。あまりにあれはひどかった。日本共産党第七回大会、そこの壇上で、刑務所で一等めしを食ったか三等めしを食ったか、一等めしを食ったやつは買収されていたのだろうと言わんばかしの言論が、非難するほうが中央委で、非難されて弁明するほうが平党員の代議員だという形でたたかわされたのだからな。しかもどう見たところで、非難するほうの側に一分の理も認められなかった。ただ彼らは、非難されたほうからの反問に一言《いちごん》も答えないで非難のしっぱなしで押しきってしまった……」

　非難された代議員は色の白いやさしそうな男だった。白い歯をしていたが、歯に隙間があって、甘いもの好きの子供の歯のような感じのする口をあけて根かぎりの力で非難を反駁していた。

「……なるほどわたしはあのとき何等めしやらを食っていました。——何等めしといったのだったか田村は覚えていない。——しかしわたしは、いっしんに懲役仕事をして、量の多いめしを手に入れて、それを自分ひとりで食ったのではありません。自分は、その何等めしを、日本共産党の人たちに何分の一かは分けたではありませんか。〇〇さん——その名がざわめきで田村にははっきりとどかなかった。わたしがあなたにそれを分けて、あなたがそれを食ったことをあなた自身も否定なさらぬでしょう。しかもわたしは、あのとき日本共産党の一員ではありませんでした。わたしは一労働組合員以上ではなかった。そのことはあなたも御存じだったはずですが、わたしの分けてあげた飯を食ったあなたが、ここでわたしをそんなことを持ちだして非難なさるのですか……」

「おれは聞きたくない、聞きたくなかった、聞きたくなかったな。しかし仕方はなかった。むろんあの時分、外では食いものが全くひどかった。東京のどこかで、配給の菓子のことで、孫と祖父とが争って祖父が孫を槍で刺した……しかしそんなこっちゃない。あの何等めし論争を、あれは論争なんてものじゃなかったが、横山も吉野も佐藤も黙って見送っていた。彼らが、おれ同様、さわられるのもいやだったからというわけには行かぬだろう。たしかに何かがあった。あの色白の男の、『党章』草案なり政治路線なりにたいする意見が気にくわなくって、それを封じて、彼そのものを追いおとすために黙って何等めし論争を放っておいたのだったろう。別に、ほかに理由があったのだったかもしれぬが、それでも、あの場の限りはそうだった……」

きたない論争というものも見てきたが、あれは、論争がきたなかったんじゃなくて、論争以前に陰謀的に何かが汚なかったんじゃないのか……》（五十七章、傍点は引用者）

中野は右の引用のなかで、「いやだったな」「いやだった」「あまりにあれはひどかった」「おれは聞きたくなかったな」「いやだった……」「陰謀的に何かが汚なかった……」と重ねて、第七回大会の一情景を想起し、そのとき寄せて来た感情を表出しているのであるが、どれほど「いや」で「聞きたくなかった」か、思い半ばにすぎるものがある。実は党第七回大会には私も代議員として出席していて、この「食いもの論争」を、中野ほどの感受性の持ち合わせばないにしても、同様な感情で見、かつ聞いていたのであった。それは党第七回大会予備会議第二日（五八年七月二一日）のことで、大会役員の選衡をめぐって議論が紛糾したときのことである。非難されている「色の白いやさしそうな」「歯に隙間が」ある代議員とは、実は当時の東京都委員長、芝寛《しばひろし》がモデルになっていて、春日正一や宮本顕治が芝の転向の〝悪質さ〟を言い立て、中央委員の基準に準ずる各種委員会の大会役員には不適当と断じたのであったが、それが芝たちの「党章」草案反対を、こういう形で封じ込めようとしたのであるのは、大会代議員の多くが直ちに察知できる性質のものだった。「食いもの論争」は、そのとき持ち出されたのである。この件について、同じく代議員であった安東仁兵衛は、いささかあっけらかんと、こんな風に書いている。

〈私の記憶も、芝と同じ刑務所に服役していた西沢隆二が証人として登壇して、彼は一級であった、一等飯を食っていたときめつけたこと。芝から「たしかに一等飯を食っていたが、誰某にもひそかに飯を規定以上喰わせて上げたではないか」との〝反論〟があったこと、などが残っている。「ノート」によれば、原案支持派次第に圧倒。志賀議長は中央の〔提案〕を承認するか、否かの採択をしろということで混乱。休ケイ、とある。

「かわいそうに。芝さんは泣いているぞ」、品川区の地区委員長――大会後に都委員――をしていた井上隆が彼もまた泣いているかのように目を赤くして私に訴えて来た。「チクショウ、宮顕の奴……」、彼はなにしろ宮顕が嫌いであり、地区委員長クラスの中での反中央の有力メンバーであった。だが私の反応は冷たかった。……いくら「こっそり喰わせて上げたではないか」と言ってもそれは文字どおりの泣き言だ。加えて芝自身が自分から大会役員の辞退を申し出ていたにもかかわらず、都の代議員から推されたのでふたたび立候補した、という彼の弁明は〝いただけなかった。〟「勝負あった」というのが私のいつわらざるところである。〉（安東『戦後日本共産党私記』）

こうした事実素材をもとに、中野は田村の心情表白として最前引用した如きフィクションに仕立てあげたのである。「陰謀的に何かが汚なかった」「食いもの論争」、それを「聞きたくなかった」とする田村の中野の気質、性癖が、よく現われている。

私は何がいいたいのか。中野が小説としての整合性を犠牲にしてまで、件の手紙を公表せざるをえなかったのは、彼の創作上のモチーフ以前の人間的モチーフに根拠をもっていただろうということである。彼は一言の弁明もなく、それを全文公表する以外にないところに追いこまれ自らを追い込んでいったのである。とはいえ、こういう公表の仕方に私は、中野のずるさ、といったものの一粒を感じもするのではあるが。なお、この章節について私は菊池章一の示唆に負っているので、感謝してそのことを記しとどめる。もっとも内容上の責任は、すべて私にあるのを当然のこととして。

Ⅵ 「やりすごし」をめぐって

党第八回大会と党員文学者のグループ

『甲乙丙丁』は中野作品の中でも珍しく文脈明晰な小説であると、さきに言ったが、しかし一般に分りにくいと思われる部分もある。その最たる箇所は、党第八回大会（六一年七月二五日～三一日）を扱ったところであり、とくにそこにおける田村の所業をめぐる問題であろう。書き方が不透明なだけでなく、そこでの田村の「裏切り」というのが、いったいどういうことなのかがはっきりしないからである。にもかかわらず中野は、この問題を津田にも批評させ（十八章）、併せて田村にも自己批評をさせて（五十七章）、問題をこの両面から浮び上らせようとしているのである。作者が一定の比重をおいていることがわかる。

まず津田には、日本新文学会第十一回大会についての新聞のゴシップ記事に田村のことで「例の腹芸で……」とでているのを読み、その見当ちがいに「あはは……」という感懐が寄せてくるのをきっかけにして、こんな思いが引き出されるのである。「しかし愚図だからな。筋を立てているようでいて、いよいよとりう時に崩してしまうからな。そう見られても仕方のな

いところがあるんじゃないか。……」（十八章、前出）
　そうしたことが想起され、その想起作用のなかで更に党第八回大会での田村の所業が想起される。
《それは、田村が彼らのグループを裏切ったという話だった。これははっきりはしていない。しかしはっきりしている事実が事実としてある。党の第八回大会で、田村が大会までの態度をぐらりと変えたということがある。これは大会記録で発表されている。そのグループのことを津田は知らないが、また横合いからしらべるべきでもないが、大体の様子は、発表された印刷記録からもよくわかる。そこに党綱領の問題と政治報告との問題があった。大会での田村の発言から見ても、つまり印刷されたものを後からたどっただけでも、大会以前、その綱領案に田村が不賛成だったことは明らかだった。津田は噂としても聞いていた。社の連中がそもそも大勢としてそうなのだった。……それが大会議場で行きなり田村がひつくり返ったのだった。それまでの田村は、綱領案については留保、政治報告については反対という態度だったらしい。それが、議場で行きなり綱領案にたいして賛成するということを発言した。》（同前）
　よく読んでみると、ここには党第八回大会での田村の行動について、不可分にからみあってはいるが、二つの事柄が批評されているのである。第一は、田村が「彼らのグループを裏切った」ということであり、第二は、田村は当初、綱領草案に留保の態度を表明していたのに、議場で行きなりこれに「賛成するということを発言した」というそのことである。これだけでは、第一のほうは、いったい何のことかわからないことが田村の行為にかかわっているので、津田に「はっきり」しないというのは、フィクションとしては許されよう。そこで第二の問題から入って行こう。

田村は、津雲との対決面談の後、帰宅し食事をとって床に入るが、そこで第八回大会のことが、きれぎれに想起されてくる。いよいよ綱領採択の段になって、佐藤と「やはり中央委員の南条」が、田村を別室に呼びだして、こもごもいうのだった。

《「どうだろうね。いよいよ綱領だがね。君は結局どういうんだね……」

「わかってるじゃないか。留保だよ……」

「だけどね。みんな待ってるんだよ。あれだろう、第七回大会からの行動綱領には賛成してきたんだろう。」

「それゃそうさ。」

「そんならいいじゃないか。」

「しかしおれには決議権がないんだよ。」

「そんなこたァ問題じゃないよ。みんな待ってるんだよ……」

同じ問答が、その都度いくらか色合いを変えながら、どれだけの時間つづいたかその時も今も田村は知らなかった。しかし最後に、何を「待ってる」というのか明瞭でないまま田村のほうで口をきいた。

「わかったよ。留保を取り消すよ。」

腰を抜かしたのなら、なんで抜かしたまんま、泡を吹いてでも「あわわ……」といっていなかった。二人は、何ひとつ言葉として強請《きようせい》に類することを言っていなかった。田村のほうでこらえ切れなくなって、へたりこんだまま、いざりのようにしてしゃしゃり出て、なおも奴隷的に猪口才《ちよこざい》なまねに出たのだった。彼は、綱領の中央委員会案に留保の立場をとっていたが、今ここで、それに賛成するに近いところへ来たことを表明すると我から発言したのだった。……》（五十七章）

事実問題としても、第七回大会から第八回大会に至る党内論戦の過程で、党綱領をめぐって中央多数派と、反中央派が激突していた。そして、宮本ら中央派が出して来た綱領草案は、日本の現状を「事実上の従属国」と規定する立場から、「アメリカ帝国主義とそれに従属的に同盟している日本の独占資本」との二つの敵にたいする人民民主主義革命を革命戦略の中心にすえていた。この「二つの敵」を対象とする「人民の民主主義革命」（民族解放民主革命）から社会主義革命へ——という二段階革命の戦略をとる点では、前の第七回大会に提出され、討議継続とされた「党章」草案の立場と同じであった。これに対して綱領草案反対派の共通項は、アメリカの占領により日本の主権は制限されているとはいえ、当面する革命は反独占の社会主義革命以外にないというのであった。この論争を、今日読み返してみると、双方ともの理論の低さと、政治的リアリズムの欠落という点で驚かされるのであるが、問題はそんなところにはなかった。中央多数派は、綱領草案反対派を、その主張の故に白眼視し、公然たる発言舞台を奪ったうえ、反対勢力が大会代議員に出てくることをあらゆる策略で押え込もうとしたのである。これに対し、反中央反乱がさまざまな形で継続され、統制委員会議長の春日庄次郎が離党するほか、中央委少数派の山田六左衛門・西川彦義・亀山幸三・内藤知周・原全五が連名で「党の危機にさいして全党の同志に訴う」という声明を発表したりした。そのほかにも意見書を公表したり、離党したり、除名されたりする下部党員は枚挙に遑ないほどであった。つまり、第八回大会は、日本共産党史上でも、そうした異常事態のうえに、俗にいう「シャンシャン大会」として終ったのである。

そのような異常事態のもとで開かれた大会だったからこそ、中野の留保撤回は大きなカンパニア的意味をもっていたと思われる。彼は綱領討議の最後のところで、こう発言させられることとなったのである。

〈党綱領草案にたいする私の立場を申しのべたいと思います。

私は、党綱領草案の線を基本的に認めるところにきたことをここに表明いたします。

私は第十六回中央委員会総会における草案決定のときには留保の立場をとりました。その私は十八中総の討議の中で考え、大会第一日の報告を聞いて考え、また代議員諸君の意見をきいて考えた結果、草案の線を基本的に認めうるところへきたものであります。

このことをここで私は皆さんの前に表明いたします。〉（『前衛』六一年十月臨時増刊、「日本共

産党第八回大会特集Ⅱ」より）

　これが第八回大会における中野発言のすべてである。私は『前衛』の臨時増刊号に公表されたこの発言を読んで殆ど呆れたのを思い出す。つまり、「こらえ切れなくなって、へたりこんだまんま、いざりのようにしてしゃしゃり出て、なおも奴隷的に猪口才《ちょこざい》なまねに出た」結果が、これなのである。そこには「草案の線を基本的に認めうるところへきた」については、みんなの「意見をきいて考えた結果」、そうなったといわれているだけで、何の内容説明もない。こういうのを茶坊主発言というのである。中野流にいえば、まことに無様な「やりすごし」精神の発露というべきか。だが、そのリアクションこそが、中野をして「日本の革命運動の伝統の革命的批判」につらなる作品を書かざるをえなくして書くところへ導いて行ったについては、すでに何度もふれたところである。

　つぎに津田が、「田村が彼らのグループを裏切ったという話」といっているのはなにか。「彼らのグループ」というのだから、「大会までの態度をぐらりと変えたということ」を一般的に指しているとは受けとりにくい。勿論、そのことも不可分に関係するが、しかし、それとは相対的に別な「裏切り」の問題として見なければならない。

　では田村はどうか。田村はそのことで、こんな風に思いをめぐらす。

《第八回大会で自説を放棄したあと、田村はそれについていきさつを党グループに話さなかった。グループからわざわざ来てくれた彼より年下の人間にたいして、愚鈍で醜悪なほど殻を閉じて田村は沈黙していた。原因はある。なぜかそれを出さなかった。最後の最後のところまで自家弁護するべきであり、批判はそれに基づいて徹底的に受けるべきだった。弁解をしないで黙っていたこと、そこに愚鈍なまでの悪があった。あれから三年になる。》（五十七章、傍点は引用者）

田村が裏切ったという「彼らのグループ」とは何なのか、そして「裏切り」とは、どういうことなのか、それは田村を主人公とするこの部分の、田村の回想としても一向判然としない。実は私は、作品の中での田村の「沈黙」、それに「原因はある」といっているのは、創作上の都合以外の原因があったのではないかと、ひそかに推測するものであるが、それは後論にゆずる。ここでは中野が書いていない事実素材を振り返ることで、「彼らのグループを裏切ったという話」が、どういう問題であったかに、まずふれておかねばならない。

既述のように第八回大会を前にしては、綱領草案に反対する党員たちが、さまざまな形で意見を提出したのであった。しかし戦略上の見解の相違よりも、むしろ、そこでは討論の主導の仕方にあらわれた中央委多数派の党内民主主義を無視した官僚主義的・独断的党運営に意見が集中した。さまざまな機関やグループが、これに対して意見表明したなかにあって、新日本文学会の党員作家・評論家のグループも、中央委員会あてに、「中央は綱領草案の民主的討論をさまたげたから、大会を延期せよ」とする意見書を提出した（六一年七月一九日）。これには、安部公房・大西巨人・岡本潤・栗原幸夫・国分一太郎・小林祥一郎・小林勝・佐多稲子・竹内実・菅原克己・野間宏・針生一郎・檜山久雄・花田清輝の一四名が連署していた。ただ、ここでことわっておけば、新日本文学会の党員のグループとされているのは、Ⅳ章で詳しく分析した党外大衆団体内の党機関としての「党グループ」のことではなく、党員有志というほどの意味であった。その点、中野が『甲乙丙丁』において、これを「党グループ」と書いているのは（前引の箇所）、事実関係の問題としては正確さを欠く。ところで右意見書であるが、中野は党中央委員の故をもって連署には参加せず、しかし党の現状には憂慮するべきものがあるので、それが中央委員会の議題としてとりあげられるよう発言することを約束したのだった。一方、党員有志のほうは、もしこの意見書が中央委員会で黙殺された場合を考え、ひろく党内外に第二段の声明を送って訴えることを決めて、中野もそれに賛成したのである。

そして田村の中野の「裏切り」は、この直後のことである。その間の事情を針生一郎が、「わたしのなかの無念さ」（『新日本文学』七九年十二月号、「特集・中野重治」）のなかで、人間的側面をふくめて証言してくれているので左に引用する。

〈できあがった中央委員会あて意見書の写しを、家がいちばん近いわたしが中野宅にたずさえていったのは、第八回大会開会の前夜だった。わたしを迎えた中野は、公安関係のほかに党のスパイもうろついているからと、わたしの靴を下足箱にしまって玄関の電燈も消し、意見書の文章も一読して「なかなかよく書けている」といった。わたしが念のため、「大会で中野さんに発言させせないようなことはないでしょうね」というと、彼は「そんなことがあってはならないし、たとえあってもわたしは議題にとりあげるべきだと発言するよ」と笑った。それから原泉夫人が運んできたビールを飲んで、しばらく雑談してわたしは帰った。だが、その後の『アカハタ』その他の報告によれば、中野は大会に届けられたわたしたちの意見書について発言せず、それは完全に黙殺されたばかりか、中野は綱領・政治報告をめぐる意見を撤回して、賛成演説すらおこなったのである。

それから二十日ほどあと、わたしたちは既定の確認にもとづいて党員有志への声明を作成し、佐多稲子、国分一太郎がそれに加わらなかったかわりに、新日本文学会会員である党員が十人ほど新たに署名した。今度も発送前日に、わたしがそれをもって中野宅を訪問した。中野は「それは受けとらず、みなかったことにしたい」といい、つぎのようにきりだした。「この前君がたずねてきたことは、僕としてはこんな風に了解している。久しぶりに針生君がたずねてきたので、われわれはビールを飲んで一夕閑談した。君が帰ったあと、一通の封書がおいてあって、あけてみるとたまたま中央委員会に提出された意見書なるものと同一だった。こう理解しているから、君もそのつもりでいてくれ。」わたしは中野さんの大会での立場の転換を責めるつもりはないが、中野さんも加った会合でこの声明をだすところまで確認したのだから、これに加っていただきたいと思ってもってきた、とのべた。中野はそれは反党分子、修正主義などのレッテルをはられて、党内闘争の足場を失うことになるからできない、と答えた。それでは、宮本顕治独裁体制のもとで、党内に残ってどんな内部変革の可能性があるのか、とわたしがたずねると、中野は「おそらく、何もできないかもしれん。しかし、僕としては昔から、とことんまで自分を問いつめて、自分で納得した結論がでなければ、行動しないことで通してきたんでね」といい、そのときはじめてじつに苦しげな、弱々しげな表情が彼の顔にうかんだのである。

わたしはそのいきさつを、「つよい中野重治と弱い中野重治がいて、つよいときの中野さんは滅法つよいが、弱い中野さんは正視できないほど弱い」という感想とともに、声明署名者の会合で報告した。〉（傍点は引用者）

右の針生一郎の回想には、事実関係に若干の記憶ちがいもあるようである。新日本文学会の党員有志が中央委員会あての意見書をだしたのは既述のように、七月一九日であった。これが黙殺されて、国分・佐多をのぞき、あらたに泉大八・且原純夫・黒田喜夫・武井昭夫、玉井伍一・中野秀人・浜田泰三・広末保・柾木恭介の九名を加え、都合二一名連署で、党内外にアピールを発したのは、それこそ党第八回大会の直前七月二二日であった。このアピールでは、「今日の党の危機は、中央委員会幹部会を牛耳る宮本・袴田・松島らの派閥による党の私物化がもたらしたものである」とし、かれらの「派閥指導部」によるかずかずの指導のあやまりと独裁的支配・規約の蹂躙と党組織の破壊の事実を列挙して非難するのと併せて、「われわれは党内民主主義を回復した真に革命的な日本共産党をつくらねばならない」と訴えていた。針生が、「第八回大会の前夜」、中野宅に持参したというのは、このアピールではなかったかと思われる。

ついで、七月二五日から三〇日にかけて党第八回大会が開かれた。この中で中野は、前記の綱領草案賛成発言をするのであるが、一方、新日本文学会の党員のグループは、大会後の八月一八日、さらに七名が加わり、二八名連署の「革命運動の前進のために、ふたたび全党に訴える」という第二アピールを発したのである。国分・佐多は針生の証言とはちがって、七月二二日の第一アピールで既に加わっていなかった。そして、針生が「第八回大会開会の前夜」から「二十日ほどあと」、中野宅にもっていって、「それは受けとらず、みなかったことにしたい」といわれた文書は、右第二アピールだったのではないか。つまり、意見書（七月一九日）、第一アピール（七月二二日）、第二アピール（八月一八日）という経過を閲したのであったが、針生の文章にはその辺りに若干の混線が認められるようである。

それは時を経ての記憶表象の心的没落ということでもあり、或る程度詮ない仕儀でもあるが、しかし、このようなデスペレートな状況下におかれた場合、中野との対話などは、より鮮明な像を結んでイメージ保存されるものであろう。

〈その点で、例の「裏切り」との関連での人間的な面が、よく現われていて、この証言の価値は失なわれるものではない。とくに中野の針生にたいする「この前、君がたずねてきたことは、僕としてはこんな風に了解している、云々」、だから「君もそのつもりでいてくれ」などという言い草（引用中の傍点部分）は、直ちにその地金が現われてしまうような人間的なずるさで際立っている。ちょうど、前章で引用した埴谷雄高の講演の中にでてくる平野謙へのハガキで、「自身が調べればすぐ解る内容」の質問を書きつらね、次手という形で「ときに君のところに菊池寛あての僕の手紙が行っているとのことだが、返してくれたまえ」と書く神経に通底するものがある。中野にして、福井の農村の半封建的風土のなかで小地主の息子として生れ育った出自に規制されるその丁髷を、人間感情の面にまで渉って完全に断ち載ることは、なおできなかったということか。〉

といって、以上のようなことが作品『甲乙丙丁』の文学的価値を基本的な部分で貶しめるものではない。ただフィクションを成立させる歴史素材には、こうした問題も含まれていたということである。つまり、党第八回大会における田村の所業にかんする書き方が甚だ不分明になっていたについては、こうしたことを補って読み込まないと、よく分らない曖昧さを残すところとなるのではないかということなのである。

ところで、中野は、田村の自己批評として、「第八回大会で自説を放棄したあと、田村はそれについていきさつを党グループに話さなかった。グループからわざわざ来てくれた彼より年下の人間に対して、愚鈍で醜悪なほど殻を閉じて田村は沈黙していた。」と言わせている。しかし、針生一郎は前引文章で、右にからめていっている。

〈だが、わたしがグループの声明書をもって二度目に訪ねたとき、中野重治はけっして「愚鈍で醜悪なほど殻を閉じて……沈黙していた」のではない。心はうつろで、どこか上の空とみえたが、どんなに絶望的、屈辱的状態でも、今党を離れるわけにはいかないという趣旨を、さまざまの形で語っていたのだ。中野流にいえば、わたしの方も彼の苦しい立場を汲みとりすぎて、変節をまっこうから責めたてなかったのがいけないかもしれない。だが、このくいちがいからみると、自己批判の要素にみちた『甲乙丙丁』も、作者の深部にかんしては「メスははいったが膿は出されなかった」のではないか。〉（傍点は引用者）

私は、この針生の評を一般的には受け入れることができる。だが、今日からみれば、この「作者の深部」を、推測をまじえてにせよ、ある程度探れるのではないか。

繰り返しになるが、針生によれば中野は、「どんなに絶望的、屈辱的状態でも、今党を離れるわけにはいかないという趣旨を、さまざまの形で語って」いた。ところが『甲乙丙丁』では、「グループからわざわざ来てくれた彼より年下の人間にたいして」、田村は「愚鈍で醜悪なほど殻を閉じて」沈黙していたとされているのだ。後者はフィクションである。だが中野は、どうしてそのようなフィクションを必要としたか。それは中野が針生に、「今党を離れるわけにいかない」ゆえんをさまざまな形で語ったにしても、それは表面的な理由で、真の理由を語らなかった、語れなかったということではないか。だからこそ作品では「殻を閉じて」沈黙していたことにしたのではないか。

その真の理由とは何か。これはなお私の推測にすぎないが、ソ連共産党との相互了解の問題ではなかったかと、私は考える。ソ連邦の崩壊、ソ連共産党解体以後、ソ連共産党の文書保管所の奥深く眠っていた党秘密文書が徐々に日の目をみて、それを素材とした研究もわれわれの目にふれるようになった。そうしたなかで、不破哲三の『日本共産党にたいする干渉と内通の記録――ソ連共産党秘密文書から』上下二巻は、狭い党派エゴイズムにもとづく著者の主観的意図とは別に、貴重な資料を提供してくれるものとなっている。それによれば、一九六四年におげる志賀義雄、鈴木市蔵、また、神山茂夫、中野重治などの日共宮本指導部との訣別が、モスクワの示唆によることは明かである。中野についていえば、彼が直接、モスクワのエージェントと接触していた証拠はない。また、そういうことはありえないと考える。しかし、モスクワの対日工作の拠点であったソ連大使館のロザノフ参事官の六四年一月二七日の日記には、神山茂夫の代理人・吉田との会談内容を伝えるなかで、「神山の考えでは、『モスクワ路線』の確乎たる支持者である中野重治（神山の友人）の若干の作品をソ連で翻訳し出版することは『きわめて有益』なのだが、ということである」（不破、前掲書）と認められるという。

そして、事実、新版全集第二十八巻の「年譜」でみると、一九六四年の分の記述につぎのようにある。

〈八月、モスクワのプラウダ出版所から、ロシア語訳中野重治詩集『日本の波』（アナトーリー・マモーノフ訳）出版（六月十九日印刷）。「歌」「浪」「夜明け前のさようなら」から「その人たち」まで三十三篇収録。〉

このような事実から逆算して考えると、神山、中野が六一年の第八回大会段階で宮本指導部と別れることをしなかったのは、まさにソ連共産党との了解の有無の問題にあったのではないかという推測も、全く無根拠とはいえないように思われる。そして、六一年八月には、「今党を離れるわけにはいかない」ゆえんを、針生に「さまざまな形で」語ったのに、僅か三年弱の後には、はっきりとした訣別の決意を固めるのも、その辺りの事情を傍証していると思えてならない。

とはいえ、党第八回大会と、そこにおける中野の所業には、なお謎めいたものがあり、一義的な論断をくだすのは控えたい。ただ、この〝謎めいたもの〟の介在故に、第八回大会をめぐる『甲乙丙丁』の記述が、甚だ不透明になっていることだけは認められるであろう。

『甲乙丙丁』には、このほか日本共産党の五〇年分裂問題その他、なおとりあげたいことも多々あるが、紙数の関係で割愛せざるをえなかった。とはいえ私としては、以上でもって読者を「『甲乙丙丁』の世界」に案内しえたと考える。

結論として、この作品が、日本の近・現代文学のなかにあって、だれもが対象化しえなかった世界をとりあげ、芸術的に形象化しえたことは疑いなく、いわば二十世紀日本の全問題性を集約した作品であるといっていいであろう。

（一九九四年七月二八日）

後　書　き

本書は二部から成っている。

第一部「回想の中野重治」は、正・続とも大阪唯物論研究会が発行する『季報・唯物論研究』に発表された。すなわち前者は、その79号（２００２年2月）に、後者は同82号（２００２年11月）に発表された。勿論、本書再録にあたって、とくに文章上の補正・補筆がほどこされている。この第一部は、だいたいにおいて〝私にとっての中野重治〟といった内容である。といって中野についての単なる回想ではなく、固有の中野重治論になっているはずである。

第二部「『甲乙丙丁』の世界」は、中野の最後の長篇『甲乙丙丁』を、批判的に分析したものである。それは一九六四年三月から五月にわたる回想的小説であるが、中ソ対立や、64年の日本共産党第九回大会に前後するあれこれを素材に、「日本の革命運動の伝統の革命的批判」を中味とする小説で、小説そのものが批判と自己批判となっているといっていい。とくに日共の60年代前半にわたる生態が活写されているが、そういう無味乾燥のことどもの文学的形象化を試みたものである。とはいえ、作品として十分読めるものとなっている。60年代前半は、中ソ論争・中ソ対立が激化された時代であるが、そのことも念頭において読まるべきものであろう。とくにこの時期の代々木派＝宮本顕治派の中共寄り路線に対する批判が前提されているので、その辺りを念頭に読まるべきものと考える。91年8月、ソヴェト社会主義共和国連邦（旧ソ連）は崩壊したが、それに先だつ時期が小説として概括されている。

なお、私としてはこの第一部、第二部をふくめて中野重治という一人の作家・共産主義者の全体像を、俯瞰しえたと考えている。つまり本書は、全体として私にとっての中野重治論になっているということである。

また、第二部「『甲乙丙丁』の世界」では、作品そのものを読んでおられないかたにも、この全体小説の全貌がお分り願えるよう要約・批判するよう心掛たいということを述べておきたい。

私は、本書に先だって同じ出版社から『中野重治「甲乙丙丁」の世界』を上梓している（1994年）。この本も二部からなり、第一部が「『甲乙丙丁』の世界」、第二部が「袂別以後の思想・文学の展開」となっていて、今回はこの第二部は切り捨てることとした。第一部「『甲乙丙丁』の世界」も、時代状況との関連で、いくらかの補正をしたところがある旨おことわりしておきたい。

なお私は、中野の僚友であった神山茂夫ににについて、同じ出版社から『昭和思想史における神山茂夫』を出しているので、併せてお読みいただけると幸いである（2013年5月5日）

津田道夫（つだ みちお）

1929年、埼玉県に生まれる。1953年東京教育大学文学部史学科卒業。雑誌の編集者を経て、1957年「現状分析研究会」を組織し、『現状分析』を発行した。1971年「障害者の教育権を実現する会」の結成に参加。現在、思想史・認識論研究に携わる。

著書に『国家と革命の理論』（論創社、1979年）『昭和史における神山茂夫』（社会評論社、1983年）『イメージと意志』（社会評論社、1989年）『革命ロシアの崩壊――ペレストロイカはなんであったか』（社会評論社、1992年）『南京大虐殺と日本人の精神構造』（社会評論社、1995年）『侵略戦争と性暴力』（社会評論社、2002年）『国家と意志――意志論から読む「資本論」と「法の哲学」』（績文堂、2006年）『国分一太郎――抵抗としての生活綴方運動』（社会評論社、2010年）『本能か意志か――動物と人間のあいだ』（論創社、2012年）

回想の中野重治――『甲乙丙丁』の周辺

2013年 9 月25日　初版第 1 刷発行

著　者：津田道夫
装　幀：桑谷速人
発行人：松田健二
発行所：株式会社 社会評論社
東京都文京区本郷2-3-10　☎03(3814)3861　FAX 03(3818)2808
http://www.shahyo.com/
組　版：スマイル企画
印刷・製本：ミツワ